TAKE
SHOBO

次期国王の決め手は繁殖力だそうです

御影りさ

Illustration
SHABON

MOON DROPS

次期国王の決め手は繁殖力だそうです

Contents

イラスト／SHABON

次期国王の決め手は繁殖力だそうです

MOON DROPS

第一章　導きの猫耳女

最低。

今夜何度目か知れないその言葉を吐き捨てて、結《ゆい》は空になったビールの缶をぐしゃりと握りつぶした。

深夜二時の公園には、ブランコに座る結以外、誰もいない。

閑静な住宅街のそばに位置するここが、昼間にはどれほどにぎわうのかを想像して、急速に酔いが醒めていく。

――啓介《けいすけ》と出会ったのは、四年前。結が社会人二年目の、二十四歳のときだった。

その頃の結は、立て続けに両親と祖父母を亡くしたショックからようやく立ち直ったところで、人の優しさに対する免疫が下がっていたのかもしれない。

人数合わせに誘われた合コンで、たまたま同じ会社の啓介と出会った。部署の違うただの同僚という点以外には何の共通点もないのに、快活に笑う啓介の笑顔に魅了されて連絡先を交換した。明瞭な告白はなかったけれど、定期的に来る連絡や食事の誘いに、結は大人の恋愛とはこういうものなのだろうと成り行きに身を任せたが、今思えば、それもいけなかったのだろう。

『結を、ずっと大切にするから――』

なかなかセックスに踏み切れなかった結に、啓介はそう言った。

はじめて、彼がくれた意思表明。結は、啓介のその言葉を信じていた。

だからこそ、馴《な》れ合いの延長のようにはじまった同棲《どうせい》生活で、彼が脱ぎ散らかした服を毎日洗濯することや、啓介がテレビを見ている間に自分が家事をすることに多少の違和感があっても、決して不満は口にしなかった。

自分たちは、結婚して家族になるのだと思っていた。

『すまん、結。別れてくれ。好きな子ができた。妊娠してるんだ』

そう言われたとき、結は鼻で笑ってしまった。

私は、他の女に突っ込んだモノを包んでいたパンツをせっせと洗っていたわけか、と急に何もかもどうでもよくなった。

部屋着のワンピースと長袖のTシャツの上にダウンを引っかけ、必要最低限の身の回りの物をスーツケースとボストンバッグに詰め込んで、さしていい思い出も残っていない二人のマンションを飛び出した。しかし、家族のいない結には行くあてもなく、この荷物を引きずっていては、ぐだぐだになるまでバーで飲んだくれるのも気が引けて、結局コンビニでビールを六本買ってひっそりとした夜の公園で一人酒である。

最低だ。二十八歳。彼氏と家を同時に失った。飲まなければ、やってられない。

「くそやろう……」

ぼそぼそ呟《つぶや》きながら、結は最後の缶ビールのプルトップを引いた。一気に半分ほどを乱暴に胃に流し込む。寒さを感じないくらいの酩酊《めいてい》感はある。だが、もっと酔いたい。もっと酔わなければ、考えてしまう。何がいけなかったのだろうかと。

もう、若くないから？

それとも、おっぱいのサイズが小さいからか？

きっと、理由は一つじゃない。明確な理由さえないかもしれない。

言ってやればよかった罵倒の言葉が、今更いくつも浮かんでくる。妄想の中で啓介を怒鳴りつけて殴っても、過去も未来も変わらない。

「妊娠してるとか……幸せになれとしか言えないじゃん……」

ぽろぽろ零れ落ちる涙を拭いもせずに、結は残りのビールを胃に注ぎ込んだ。

オヤジくさい「ぷはぁ」という息を吐き出すと、あとに残ったのは自分でもわかるくらいの酒臭さと、今夜はこれ以上酔えそうにないという結論だった。

「……タクシー拾うかぁ」

袖口で涙を拭って、結はふらふらと立ち上がる。頭ははっきりしているのに、足元は覚束ない。スーツケースをがたがたいわせて引きずりながら、結は空き缶の入った袋をゴミ箱に投げ入れて公園の出口へ向かって歩きはじめた。

カサ、と公園の植え込みで何かが動く。

普段なら、絶対にのぞき込んだりしなかっただろう。ツイードのハイヒールがやわらかな土に汚れることも気にせず、結は腿《もも》のあたりまで生い茂る低木の奥を覗《のぞ》き込んだ。しゃがみ込む、若い女と目が合った。

白い髪に、白い肌。日本人じゃない。人形のようなくっきりした目鼻立ち。真っ青な瞳と、西洋のお姫様が着るようなドレスが結に「おばけじゃないな」と冷静に思わせる。

だが、絶対にちょっと変な女だ。

白い髪と同じ毛質の、尖《とが》ったケモ耳を装備していたのだ。たぶん、猫の。

（コスプレ……？）

あまりにも浮世離れした出で立ちに、結は間抜けに口を開いたまま固まっていた。女が、すっくと立ち上がる。背が高い。

「愛を信じますか？」

「はい？」

流暢《りゅうちょう》な日本語で、猫耳女は唐突に宗教の勧誘めいた言葉を口にする。

（逃げたほうがいい、かも？）

「あー……私、そういう話はちょっと……」

愛想笑いを浮かべてその場から離れようとした結の腕を、猫耳女の手が強く摑《つか》む。離して、と恐怖を覚えてぎょっとした。猫耳女の氷のように冷たい手に、結は慌てる。

「ちょ、冷え切ってるじゃない！　あなた、海外から旅行で来たの？　そんな格好じゃ凍えちゃうよ。なんのイベントがあったか知らないけど」

「あなたは、愛を信じますか？」

「あー信じる信じる」

適当に言いながら結はボストンバッグに押し込んでいたショールを取り出して女の肩にかけてやる。猫耳女の手は、いつの間にか離れていた。

「愛する男をたった一人、選べますか？」

「選べる選べる。ねぇ、いくら日本が治安いいからってこんなとこで」

「たった一人を生涯愛すると、誓えますか？　他の男に求められても、迷うことなく、ただ一人を愛し抜くと誓えますか？」

嫌でも啓介のことが頭を過った。結ではなく、別の誰かを愛していくと決めた啓介。あっさり捨てられた自分の四年間。こんな惨めな思いを、誰かにさせるつもりはない。

「当たり前でしょ。私は、好きな相手を悲しませたり、裏切るような真似は絶対にしない」

「あなた、素敵な目をしていますね」

「え？　……そ、そう？」

結は勝手に一人で熱く語っていたことが急に恥ずかしくなって照れ隠しに笑った。

「激しく、求められたいでしょう？　あなた、そういう目をしています」

飢えているといわれているようで少し傷付く。今更酒が回ってきたのか、だんだん頭が働かなくなってくる。立ち眩《くら》みがするように、目の前がちかちかと明滅した。

「あなたを激しく愛してくれる殿方が待っています。彼らはとことんあなたを愛し、求め、忠誠を誓ってくれるでしょう。あなたは彼らの愛を受け止め、その中から一人、永久の愛を誓う相手を選ぶのです」

脳内に、勝手に映像が流れ込んでくる。スクリーンに映し出される映画を見ているような気持ちだ。自分に傅《かしず》く男たち。彼らは結に手を差し出し、結は何の迷いもなくその中から一人の手を選び取る。とろけるような微笑みを浮かべた男が立ち上がり、軽々と結を抱き上げたかと思うとその男は激しく唇を奪ってきて――

「っ……！」

首を振って妄想を掻《か》き消そうとしたが、頭の中で流れる映像は消えてくれない。それどころかどんどん鮮明になっていく。男の手が、唇が、体を貪るその感触さえ肌に感じる。抗い難い快感に、全身が熱を帯び、息が乱れた。

「求められるままに受け入れ、愛する者を選ぶと、誓えますか？」

耳元で囁《ささや》かれた猫耳女の声に、こくりと喉が鳴った。彼女が何を尋ねているのか考える余裕もない。瞼《まぶた》の奥で、今まさに男の強直が結を貫こうとしていた。焦《じ》らすように、何度も入り口を往復して。その度にくちゅくちゅといやらしい音がする。

「誓えますか？」

――誓わねば与えない。言外の圧に屈するように、結は頷《うなず》く。

「あっ……誓う、誓うから……！」

「よかった」

「あっ……！」

快感が稲妻のように体を走り抜けた。

久しくなかった感覚に結は仰け反り、そのまま意識は闇に溶けた。


ぼんやりと目を開ける。

やけに天井を遠く感じた。まだ寝ぼけているのか、ここがどこかもわからない。だが、寝心地は悪くない。公園のベンチではなさそうだ。泥酔しながらも宿泊施設に辿《たど》り着けたらしい昨夜の自分を褒めながら、結は再び意識を手放そうとした。

仕事に行きたくない。啓介とばったりエレベーターで顔を合わせるなんてことになったら、平常心ではいられない。せめて、啓介と顔を合わせたときを想像しても泣きそうにならないくらい、悲しみが消えるまで、心を休める時間がほしい。

瞼を閉じかけた結の上に、影が差した。視界に飛び込んできた影の主は、男だった。自分を見下ろす彼の瞳に、結は吸い込まれるような感覚を覚える。

(不思議な、目の色……)

灰色がかった青い瞳。珍しいのは目の色だけではない。白と表現するには硬質な質感の髪色と、その珍しい髪色が驚くほどしっくりくる中性的な目鼻立ちは、整いすぎて人間離れして見える。彼の背後からやわらかな七色の光が結の視界を彩り、それが更に彼を神秘的に見せているのかもしれない。

夢見心地で彼に見惚《みと》れていると、どういうわけだか、彼もじっと結を見つめてくる。

彼の表情は真剣そのもので、様子を窺《うかが》うような彼の視線に、覚めきらない結の頭はとことん非現実的な可能性を見出した。もし、本当に彼が神秘的な存在だとしたら。

「……もしかして、私、死んじゃったの……？」

目を瞠《みは》った彼は、すぐに少し笑って首を横に振った。

「死んでない。生きてる」

（あ、笑った顔かわいい）

笑うとあどけなさが現れて、つられて結の口元も綻んでいく。年下だな、とあたりをつけた結が、ぼんやり「よかった」と零すと、彼の表情がくしゃりと困ったようなものに変わる。

「呑気《のんき》なやつ……おまえ、まだ寝ぼけてる？」

彼がゆっくりと首を傾げ、銀色の髪がさらさらと流れた。このとき、ようやく結は気が付いた。彼の頭上の、ふわふわの尖った耳に。

「え、猫耳？」

昨夜の白い猫耳女が浮かぶ。もしかして、彼もあの女の仲間なのだろうか。結の瞳が疑いに染まると、猫耳の美青年はどこか突き放すような冷たい口調で尋ねた。

「ねぇ、起きる気あるの？」

彼の豹変《ひょうへん》に驚きつつも、結は頷いて身を起こして周囲を見回す。

ここは教会だろう。高い天井と、並んだベンチ。その向こうには大きな扉があり、七色のステンドグラスから、結がいる祭壇へ光が降り注いでいる。

そして、祭壇に置かれているのは、ベッドでもベンチでもソファーでもない。信じたくないが、結が眠っていたのはどう見ても棺桶《かんおけ》だった。

「え、ちょっと、ここどこなの⁉」

「ここは、獣人の国アストールマイア。おまえは、俺たちの国を守護する神によって巫女《みこ》に選ばれた。巫女は必ず、このマイアの棺で目覚める」

美青年は真剣そのものだが、想定外の返答に頭も心も追い付かない。

面食らった結が固まっていると、教会の大きな扉が開かれて、猫か犬かわからないが、とにかくこぞってケモ耳を装備した白い衣装の連中が、ずらっと並んで入ってきた。

「巫女様のご降臨です」

先頭の女に続いて、五十人はいそうなケモ耳たちが一斉に頭を垂れて唱和した。

やばい。絶対、やばいところに連れて来られた。

結は天井を仰いで、昨夜の深酒を後悔したのだった。

獣人の国、アストールマイア。

ここは人間と獣の両方の特徴を有する獣人の住まう国だと、ケモ耳たちを従えていた初老の女メリダが結に説明した。最早彼女が横文字らしい名を名乗ったことにも結は驚けなくなっている。メリダの頭上にも、垂れたふわふわの耳があるせいだった。

ダウンを脱ぎ、棺桶の中に座る結は、目の前でちらつく耳をじっと見つめる。

「……それ、本物？」

「耳でございましょうか？」

「そう、です。耳、本物？」

メリダは嫌そうな顔を隠そうともせず「一度だけですからね」と念押しして頭を差し出した。恐る恐る彼女の垂れた耳に触れると、見た目どおりのふわふわな毛と、血の通う温もりを感じた。作り物の感触ではない。

「あ、ありがとう」

「巫女様は異世界よりおいでになったニンゲンであらせられますから、驚かれるのは無理からぬことと存じております」

「難しい日本語知ってるのね……」

「ニホンゴ、ではございません。神聖なるアストールマイア言語にございます」

たっぷり黙って、結は頭の中を整理する。

人間の世界では知られていない獣人の国。彼らの頭にある耳は、音に反応してぴくぴくと動いているし、メリダの耳からは体温が感じられた。耳以外に獣的な要素は見受けられないが、人間とは別の種族であることは認めざるを得ない。

おまけに、西洋人的な容姿の彼らが結と話しているのも日本語ではなく獣人の国の言語だという。おかしな夢を見ているにしてはやけに感触がリアルだし、結にはこの規模のドッキリを仕掛けられる理由がない。

わかった。異世界だ。

そうでなければ、今自分が囲まれているのは全員クレイジーな妄想を共有している外国人ということになる。そっちのほうが怖い。

「わたくしどもが、どれほど巫女様をお待ち申し上げていたことか。どれだけ、この日を待ちわびていたことか！」

ぐっと身を乗り出したメリダに気圧された結は「はぁ」と相槌《あいづち》を打つので精一杯だ。

「マイアの導きにより降臨なさった巫女様には、重要なお役目がございます。このアストールマイアの次代の王を候補者から選出するため、巫女様はおいでになるのでございます」

「次の王様、ですか？」

「いかにも。巫女様には族長四人――今回は五人ですが、その中から、たった一人、王となるべき伴侶を選んでいただかねばなりません」

「いやー……でも私、この国のこと知りませんしそんな部外者が……」

「いいえ、選んでいただきます。巫女様がお役目を果たしてくださらなければ、アストールマイアは滅亡してしまいます」

滅亡とは、穏やかではない。何だか、とんでもないことに巻き込まれた気がしてきた。

気色ばんだメリダが更に迫ってくる。急接近に身を反らすと、結の後ろに立っていた銀髪の美青年がメリダを呼んだ。

「メリダ、巫女が引いてる」

「しかしイル様、巫女様には状況をよくよくご理解いただかねばなりません。我々の未来がかかっているのですから」

思ったよりもヘビーな話についていけず、結の顔は険しくなる。彼らにとって自分が待望の巫女であることは置いておくとして、それより先に訊《き》きたいことがある。

「あの、ここが異世界で、私に役割があるっていうのは理解できたんですけど、私は元の世界に帰れるんですよね？」

まずはそこをクリアにしてほしい。結がメリダと、イルと呼ばれた銀髪の美青年を交互に見比べると、イルはゆっくりと首を横に振った。

「帰れないよ」

「まぁ、イル様！　そのような言い方をされては、巫女様が動揺なさいます！　神殿の管理者として、イル様は巫女を導くお立場ですよ！」

メリダはイルを非難しているが、結の胸には彼の言葉は素直に響いた。

帰れないことを隠し立てされるより、ずっと信頼できる。

なおもメリダは小言を並べていたが、イルはまともに取り合っていない。母親と息子のようなやり取りを見守っていると、不意にイルが教会の扉を指し示した。

「──メリダ、アルが来た」

扉から登場したのは、金色の髪と、同じ毛色の猫耳を持つきらきらしたイケメンで、結はあまりの眩《まぶ》しさに眩暈《めまい》がした。せいぜい、二十代前半くらいの年齢だろうか。まさにお伽話《とぎばなし》の王子様だ。服装もそれらしい凝ったデザインで、そんな衣装を平然と着こなす高貴な雰囲気が彼にはあった。

メリダをはじめとする白い衣装の人々は、膝をつき彼を迎え入れる。聖堂にはほどよい緊張感が漂って、人々の反応から高位の人物が登場したのだろうと予測がついたが、まだ現実感が伴わず、結はぽかんと口を開けてしまっていた。

祭壇に到着した金髪王子は、当然のように跪《ひざまず》いて結に視線を合わせた。

「僕はアル、君の名前も教えてくれないか？」

そういえば、この世界で初めて名前を訊かれた。自分自身に興味を向けられたような気になるのは、彼の視線がどうにも甘いからかもしれない。

「……結です」

「ユイ、会えて嬉《うれ》しいよ。話は、メリダから聞いたかな？」

「一応、伺いましたが……」

アルはエメラルドのような緑の瞳に楽しげな笑みを浮かべた。

「よくわからない、という顔だね。無理もない。よかったら、少し神殿の周辺を散歩しようか。アストールマイアがどんなところか、君に知ってもらえたら嬉しい」

しかし、メリダの話はまだ途中だったように思う。どうしたらいいか迷った結は、咄嗟《とっさ》にイルを見上げた。帰れないと包み隠さずはっきり告げてくれた彼は、信じていいはずだ。

結の視線に気付いたイルは、しっかりと一度頷いた。


結が目覚めた『神殿』は、想像よりも規模の大きな建造物だった。

神殿の隣には王宮が密接しており、内部には直通の通路があるという。

二つの建物はなだらかな丘の上にあり、のどかな街並みが一望できる。

この世界には、電気やガスの類はまだ登場していないらしい。電柱もビルもネオンもなく、アスファルトの道も信号機もない。自然溢《あふ》れる景色に心が洗われていく。

結は、ようやく現実を受け入れることができた。自分は、異世界の獣人の国にやって来た。異世界行きを望んだ覚えはないが、こうなる心の隙が、昨夜の結にはあったのだろう。

帰れないなら、現実を受け入れるしかない。

神殿から出てすぐの場所で、結は空気を胸いっぱいに吸い込んだ。

「はー、空気がおいしい。いいところですね、アストールマイア」

「僕もそう思っているよ」

　王子様のような風貌だが、アルの受け答えは自然体で気安い。

　歩こうか、と言ったアルが当然のように腕を差し出したので、結は逡巡《しゅんじゅん》の末彼の腕に手を添えた。なんだか少し恥ずかしい。

「アルは、王子様みたいですね」

　照れ隠しに言った結に、アルはくすりと笑った。

「僕は、アストールマイアの王子なんだよ」

「えぇっ⁉　でも、それなら次の王様はアルなんじゃ……？」

「アストールマイアは、直系の王女が王位を継ぐんだ。だけど、僕たちには姉も妹もいないから、次の王は、僕たち五人の候補者から選ばれる。代々そうしてきたんだ」

「色々と決まりがあるんですね」

　そうだね、と応じて、アルは結の歩みに合わせて進む。ツイードのハイヒールでは草原は歩きにくく、結の足取りはのろのろとしていたが、彼はいらつく様子もない。

「アストールマイアでは、後継者無くして国王が亡くなったときには、マイアの導きによって現れた巫女が、次代の王を決める。その巫女が君なんだ」

　結は頷きながら、あの白い猫耳女を思い出す。彼女がマイアで間違いない。責任重大な役を押し付けてくれたマイアに多少の恨めしさを覚えつつ、結は隣のアルをなんとも言えない気持ちで窺った。

今の話でいくと、アルはつい最近自分の母親を亡くしたということになる。

「……あの、お悔やみを」

「ありがとう」

微笑みながら答えたアルには、母親との離別を憂う辛さは感じられない。気丈に振舞っているのではなく、それよりも差し迫った問題の解決を望む強い意志が見えた。母親を失ったというのに、彼はアストールマイアのために前を見据えているのだ。

そんなアルの力になれるなら、なりたいと思う。

「ユイ、ここからが大切なことなんだ。巫女はこの地へ導かれるとき、マイアと契約を交わすという。必ず、一人だけを愛すると――君も交わしたのかな」

「そういえば、そんなこと言ってたかも……」

猫耳女との会話を思い出して結が苦笑すると、アルも笑った。

「覚えがあるみたいだね。だったらやはり、君には候補者から一人選んでもらう必要がある。巫女が候補者を選ばなければ、この国にかかった呪いが発動してしまうんだ」

「呪い、ですか」

穏やかではない言葉に心がざわつく。異世界に来てしまった結にとっては、呪いも迷信では片付けられなくなっていた。

「子が生まれなくなる呪い。今芽吹きかけている命も、摘まれてしまう恐ろしい呪いなんだ。脅すつもりはない。でも、よく聞いてほしい」

足を止めた。彼の表情は切に訴えかけるようで、どれだけ真剣に事態の対処にあたろうとしているのかが伝わってくる。

「呪いは、巫女が現れた次の満月の夜に発動する。呪いが発動してしまえば、アストールマイアはゆっくり、時間をかけて滅亡する。僕たちには、呪いに対抗できる手段が他にないんだ。だから、どうか協力してほしい」

アルの気持ちを考えると、断るという選択肢は浮かんでこない。このまま役目を放り出したあとに待っているのは、獣人の国を見捨てたという後悔かもしれない。自分でも驚くほど、すんなりと答えは出た。

「わかりました。協力します」

心底ほっとしたというように、アルが目を閉じて安堵《あんど》の息を吐いた。

「ありがとう」

「できることはやりたいですし。それに……私、帰れないんですもんね」

苦笑した結に、アルは同情的な光を緑の瞳に浮かべた。

「ユイ、僕たちには君を元の世界に帰してあげられる力はないんだ。歴代の巫女たちも、ずっとこの地で暮らし、幸せに眠ったとされている。僕たちも、君が不自由なく暮らしていけるよう、君を守ると約束する」

アルの真摯な眼差しと、将来を誓うような口ぶりに、思わずどきりとしてしまう。そういう意味ではないと浮ついた心を落ち着けて、今度は結が礼を述べた。

「そう言ってもらえると、心強いです。ありがとうございます」

「当然のことだよ。それに、君が……王を選んだあと、どうしても元の世界に帰りたいと望むなら、戻る方法を探すために、力を尽くすとも約束する」

見つかるかどうかは別にして、とアルは言わなかったが、結の生活を保障したときよりずっと控えめな言葉を選んでいるように思えて、彼の実直な心に触れた気がした。

「じゃあ、私も、次の満月の夜までに必ず王を選びますね」

「ユイ、ありがとう」

結の手に彼の手が重なり、心からの感謝が伝わってくるようだった。

(どうして、この人が王じゃダメなんだろう)

王子として国を大切に思う彼の気持ちには曇りがない。初対面の結にも、安心させようと心を尽くしてくれている。彼より、国王に相応しい人がいるのだろうか。

「でも……アルが候補者なら、私はアルが次の王様でいいと思うんですけど、それじゃダメなんですか？」

答えを避けるように、アルは足を止めて神殿を振り返った。

彼の視線を追うと、神殿の前に男が立っていた。結より年上の、身なりのいい綺麗《きれい》な男だ。肩につく淡い茶色の髪と、同色の耳。一番上までボタンを留めずに、襟を少したゆませているのが妙に色っぽい。いつからそこにいたのか、彼はじっとこちらを見つめていた。

彼の金色の瞳と目が合うと、男は結たちに向かってきた。

「ユイ、紹介する。彼はレイファス。この国の大臣の一人で、候補者でもある」

「はじめまして、巫女」

大臣という肩書に背筋が自然と伸びて、結は頭を下げた。

「はじめまして。結と申します」

「そう畏まらないでください。候補者から王を選出する方法は、私から説明します」

低く響くレイファスの声は、知性や教養の高さを感じさせる。だが、ゆっくりとした口調のせいか、あまり堅苦しい印象はない。

アルが、結の手をぎゅっと握った。

「ユイ、君は、とても心優しい人だ。巫女が君で、本当に良かった。僕から説明できず心苦しいが、レイファスのほうが君も混乱しないと思う。だから、彼からじっくり……聞いてくれるかな?」

「……わかりました」

そんなに難しい話なのだろうか。結からアルが離れると、背中にしれっとレイファスの手が回された。ぎりぎりセクハラに思わない程度の接触に顔を上げる。

「ここでは何ですから、あなたの部屋にご案内しましょう」

頷くだけの返事をした結に、どこか嘘《うそ》くさい笑みを返して、レイファスは神殿へと歩きはじめた。

第二章　大臣はどこか××

案内された広い部屋を見渡して、結はぼそりと呟《つぶや》く。

「こんな広い部屋まで用意してくれるなんて、至れり尽くせり……」

日当たりのいい部屋の内装は白を基調としていて、清潔感がある。大きな天蓋付きのベッドと鏡台、幅広のソファーにローテーブル、電気の代わりとなる燭台《しょくだい》やランプなど必要な物も揃《そろ》えられていて、生活に不自由はなさそうだ。

「これは、あなたの荷物ですか？」

レイファスが示したのは、窓辺に置かれたベンチの脇で、そこには結のスーツケースとボストンバッグが置かれていた。声を上げて飛びついたものの、スマホはバッテリーが切れたのか電源が入らず、ここにはコンセントもない。

（どっちみち、電源が入っても異世界じゃ電波は届かないか……）

結はスマホをバッグに戻して、窓の外を眺めていたレイファスに声を掛ける。

「すみません、お待たせしました。王様の選出方法についてですよね」

「ええ。座って話しましょうか」

そう言って、彼はまた結の背に手を回した。エスコートといったふうで嫌な心象は受けないが、相手がやたらと色っぽい人なだけに何だか落ち着かない。

どうぞ、と言われるがままに結がソファーに座ると、彼は隣に腰を下ろした。

微笑みながら結を捉える彼の金色の瞳には、どこか観察するような色があった。

「突然別の世界に来たわりには、落ち着いていますね」

「落ち着いては、ないですけど……取り乱しても仕方がないというか。だって、私が王様を選ばないと、この国は滅亡するんですよね？」

「その通りです」

自分が次の国王を決めなければ、獣人の国が滅亡する。

そんな話は、白い猫耳女は一言も口にしなかった。彼女が言っていたのは、『一人を選び、愛すると誓うか』ということばかりだった。

（ん？　じゃあ、五人の候補者の中から一人選んで、愛せってこと？）

そんなわけはない、と瞬時に否定する。どうやって王を決めるのか、その方法はレイファスが教えてくれるのだから、教えられることに従えばいい。結の落ち着きを見て取ったのか、レイファスが再び口を開いた。

「王の選出について、でしたね。王の候補は、四つの種族から選出された族長です。猫の獣人アルとイル、狼《おおかみ》の獣人ウィンザー、犬の獣人ルーク、そして、狐《きつね》の獣人が私です」

「レイファス、狐なんですか」

「はい」

レイファスのふさふさの耳を一瞥《いちべつ》して、ちょっと触ってみたい、という欲求をねじ伏せてから再び居住まいを正す。結が集中力を取り戻してから、彼は続けた。

「他にも獣人の種族は多数ありますが、今回国王候補に残ったのは我々五人です。候補者は、公平な人民投票により選出されます」

選挙の概念があるなら、今度は五人の誰を国王にするか選挙をすればいいのではないだろうか。結が口にしなかった疑問を先読みしたように、彼は話を進める。

「この国に掛けられた呪いは複雑です。王位継承権を女王の直系の娘に限定するのも、王位を継ぐ者がいない場合に、国民に選ばれた候補者から巫女《みこ》が王を選ぶことも、呪いを発動させないための条件です——ところで、あなたは国王に必要なものは何だと思いますか」

急に訊《き》かれて、結は視線を巡らせながら答えを探した。現代日本人の結には国王という存在はあまりピンと来ないが、リーダーの理想像のようなものはぼんやりと浮かんでくる。

「いろいろありますけど……国民に、誠実であること、ですかね？」

「いい答えですね」

結の答えに満足したように、ほんの一瞬レイファスの目には穏やかな色が浮かんだ。

「ですが、この国では呪いの関係から、もっと優先されるべきものがあります。それは国民が知り得ない部分であり、あなたは、それを見定めるためにここに呼び出された」

「国民が、知り得ない部分……？」

「繁殖力です」

「はんしょくりょく」

「はい」

「はんしょくりょく……」

頭の中で変換してみると繁殖力となる。

繁殖する力。

繁殖。

「冗談ですか？」

「いいえ。冗談を言っているように見えますか？」

残念なことに、見えなかった。

つまり、どういうことだろう。体力や知力なら判定する基準を設けて能力を測ることができるが、繁殖力はいったいどうやって判断できるのだろう。

ぽかんと口をあけていた結に、レイファスがじりじりとすぐそこまで迫っていた。

本能的に身の危険を感じて、結は後退する。

「つまりあなたは、これから、我々の求めを受け、誰があなたにとって一番優秀な雄であるかを見定めるという契約を交わしたのですよ」

「そっ、そんな契約してない！」

ずりずりと下がる結の背が肘掛けにあたり、逃げ場を失う。

レイファスはしかし更に結を追い詰めるように迫り、上体を反らした結の体は彼に組み敷かれるようにしてソファーの上に仰向けに倒れた。顔のすぐ横にレイファスの腕が伸びて真上から見下ろされ、いよいよ結は顔も上げていられない。

「したのですよ」

「し、してない、から、ほんとに、離れて……！」

結の足にレイファスの手が伸びる。押し止めようとしたが、体を起こせば唇までひっついてしまいそうな至近距離にレイファスの綺麗《きれい》な顔があるせいで身動きも取れない。精一杯の抵抗に彼の胸を押し返すべく手をあてる。だが、腕に力は入らず、意外にもしっかりした骨格が手に伝わっただけだった。

つつ、とスカートの裾がめくれ上がり、腿《もも》の付け根まで冷たい空気を感じる。

(どうしよう……!!)

結が目を瞑《つぶ》ると、レイファスが小さく「あぁ、これですよ」と言って結の腿をつついた。

レイファスが体をずらしたおかげで、結は腿に赤く浮き上がる噛《か》み傷のような痕を認識できた。誰かに噛まれた記憶はないが、くっきりと残る痕は結の白い腿を汚すようにそこにある。痛みはなくとも、見覚えのない噛み痕に急に怖くなってくる。

「これは、刻印と呼ばれるものです。巫女となった女性の体にのみ現れ、これがある限り、あなたは誓いに縛られることになる。そして、この証が現れた以上、あなたが国王を選出しなければこの国は呪いによって破滅する」

呪い。子供が生まれなくなり、少しずつこの国を破滅へ追い込む呪い。

ひとりでにできた腿の噛み痕は、結の中で呪いという言葉と強く繋《つな》がる。

「巫女が国王を選べない場合と同じように、候補者と交わることなく国王を選んだ場合も、呪いは発動します。刻印は巫女の肉体だけではなく精神とも密に繋がり、候補者の中から一人を選ぶ助けとなるでしょう。すべては、契約のもと、必要なことです」

巫女が国王を選ばなければ、呪いで獣人の国が滅亡する。

国王を選ぶためには、候補者の繁殖力を見定めるために彼らと交わる必要がある。

交わる？

（それってつまり……）

「……セックスしろってこと？　繁殖力を確認するために？　あなたと、いや、あなたたちと？」

「何か問題でも？」

平然と言ってのけるあたりこの男、相当女を泣かせてきたのでは。結は眉間に皺《しわ》を寄せて無様に押し倒されたまま憤然と答える。

「問題だらけなんだけど!!　そ、そんな簡単に色んな人とセ……そ、そういうことはできないし!!」

「失礼ですが、人間という種族は年中発情期なのですから、できないということはないでしょう」

「そういう問題じゃなくて!!　ひゃっ……」

レイファスの指先が刻印を辿《たど》る。

その指遣いは、触れられている個所と彼自身の色気も相まって、結の腰を官能的に痺《しび》れさせた。刻印のあたりにちりちりと焼けつくような感覚が走り、ぴくりと震えた結の腿を辿るレイファスの指先に、頭までぼんやりしてくる。

「知っていますか、結。巫女は、候補者を魅了する匂いを発するようになるのですよ」

「レイファス、それ、やっ……」

刻印をなぞりながら、彼は鼻先を結の首筋に埋める。匂いを嗅がれたのだと気付いて、結は恥ずかしさに泣きそうになる。

「あぁ、これほど甘い匂いとは……」

艶めいた吐息が耳をくすぐる。レイファスの声は更に結の体を痺れさせていく。首筋に触れるそれが唇だとしたら、もう抗えない気がした。

ぴちゃ、と耳元でいやらしい水音が響き、生ぬるい濡《ぬ》れた物体が耳殻を辿る。

「んっ……」

「心配ありません」

結を見下ろす彼の金色の瞳は、どこか嗜虐《しぎゃく》的な劣情を孕《はら》んでいる。笑みを浮かべた薄い唇も、意地悪く見えた。

「身を委ねていなさい」

さらさらとした髪が結の頬をくすぐり、再び耳に生ぬるい舌の温度を感じる。刻印を弄んでいたはずの手は、結の腰からゆっくりと上へと這《は》い上がり、服の下で息をひそめていた胸を探り当てた。長い指が乳房の丸みを辿り、同時にちゅ、ときつく耳朶《じだ》を吸われて結はいよいよ堪えきれない吐息を零した。

大きな掌《てのひら》が小さな乳房を包み、すでにブラの下で硬くなっている先端を的確に指先で押し潰してくる。

「ん、やぁっ……」

首を振って抵抗しかけた結の唇が軽く啄《ついば》まれた。わずかに開いた隙間から口内へ入り込んだ彼の舌は優しく結の舌を絡めとり、じっくり時間をかけて口内を隅々まで蹂躙《じゅうりん》していく。

キスに翻弄されていた結の背にレイファスの手が差し入れられて、軽く身を起こされたと思うと鮮やかな手際でワンピースとTシャツが剝ぎ取られた。ピンクのブラとセットのショーツだけしか、結を守ってくれていない。

「だめ、もう無理……！」

結はレイファスの下で必死に身を捻り、うつ伏せになって彼の視界から体の前面を隠す。

力ずくで抑え込まれているわけでもないのに、レイファスには抗えない雰囲気があってここまでされてしまった。体の芯に火をつけられてしまったと、はっきりわかる。でも、これ以上は、本当に最後までしてしまいそうで、怖くなる。

「何を怯《おび》えているのですか」

「だ、だって……初対面なのに……」

「初対面だから、したくないと？」

レイファスの熱が結の背後を覆う。男の体の重みに、結の体は小さく震えた。

「んっ……」

肩口にキスが落ちてくる。長い指が結の髪を避けて、露になったうなじにも、びくりと震えて形が浮き出る肩甲骨にも、背筋や腰にも何度もキスが落とされて、悪戯《いたずら》に舌が肌を掠《かす》める。キスをされているだけなのに、ひどく背徳的で淫らな行為をしているように思えてじりじりと下腹部が熱くなっていく。全身が性感帯になったように、どこを触られても秘処が疼《うず》いて結は閉じた内腿に力を込めていた。

「こう考えてはどうです」

「あっ」

レイファスの指先が、ショーツの裾を辿っていく。

「私が、あなたを求めていて、あなたはやむを得ず受け入れていると」

彼の指先を求めて、結の腰が揺れる。

レイファスが提案した言い訳に、心も揺れる。

「抵抗は終わりにしませんか。それとも、本当にやめてほしいと思っているのですか？」

挑発するような台詞と同時に腰を持ち上げられ、結はソファーの上で膝をついてお尻を突き出す格好になった。

「やっ……ほんとに、だめだから……!!」

「あいにく、私は言葉は信じない主義でして。訊くならここに」

　突き出した臀部《でんぶ》を覆うショーツのきわどい部分を彼の指先が辿る。焦《じ》らすように触れられるとおかしくなりそうで、結は堪らず高い声をあげた。

「あっ……！」

「濡れていますよ、ここ」

「ん、やぁっ……！」

「確かめてみましょうか、本当に嫌かどうか……」

　するするとショーツがずり落ちて、それはいつの間にか足からも抜き取られてしまう。

　結は淫らに臀部を晒《さら》していることに耐えられずに再び仰向けになっていやいやと首を横に振った。レイファスの熱っぽい視線がまっすぐに結を貫く。泣きそうになった結の上に覆いかぶさったレイファスは、殊更甘く囁《ささや》いた。

「足を、開いて」

　内腿に添えられた手が優しく結の足を押し開き、片足がソファーから落ちた。

　くちゅ、と淫靡《いんび》な響きをたてて割れ目を往復するレイファスの指に結はもう声を抑えられない。

「こんなに溢《あふ》れて」

「あ、やぁっ、んんっ……」

深くキスをしたままたっぷりと蜜を絡めとったレイファスの指が膨れた蕾《つぼみ》を探り当て、むき出しにしたそこを擦りあげる。結は舌を絡めとられながらも必死に喘《あえ》ぐ。さっきまでの緩い快感とは違う、一気に全身が燃えるような強い刺激に腰まで動いてしまう。キスの角度を変える度、荒くなるレイファスの吐息を感じてそれが更に結の思考を溶かしていく。

レイファスの服を摑《つか》み、快感を追う。それ以外には何も考えられない。

「素直なひとだ」

蜜口から溢れる液を押し止めるように彼の指が中に入ってくる。

これまで経験したどの瞬間よりすんなりと入り込んだ指は、あっさりと結のいいところを探り当てた。外と中、同時に擦られると結はもうキスだってしていられなくなる。我を忘れて声をあげた。

「あぁっあっ……もう、イっちゃ、っ……！」

大きく仰け反った結の頰に短いキスをしてレイファスの体温が離れていく。中から指が抜け去ると今度はもっと大きく足を開かされて、気付いたときには彼はもう薄い茂みへと唇を寄せようとしていた。

「もっと、悦くなりましょうか」

「あっまだダメっ、やぁっ……！」

ぬるりと舌が蜜を舐《な》めとっていく。

レイファスを止めようとのばしたはずの手は、彼のさらさらとした髪に触れただけで何の抵抗にもならなかった。蜜口へ舌がねじ込まれ声をあげながら腰を浮かせる。こんなに声をあげているのに、卑猥《ひわい》な水音は結の耳にしっかりと届く。蠢《うごめ》く舌は、今度は剝き出しの赤い粒をくすぐるように撫《な》でた。

「あぁっ、レイファス、も、だめ……あぁぁ……!!」

がくがくと震えながら絶頂を迎えた結の意識は、朦朧《もうろう》としていた。

ぐったりとして荒い息に胸を上下させる結を見下ろして、彼はまた意地悪く笑う。

「こんなにも無防備な姿で乱れて、あなたはどうしようもなくいやらしい人のようだ」

レイファスの指先が結の小ぶりな双丘を辿り、ブラのカップをひっかける。

「これは自分で外してください」

「……え……?」

「自分で着れたのですから、外せるでしょう?」

いやいやと首を振る。とろけきった頭でも、自分からブラを外すなんてできない。静かに、レイファスが上着を脱ぎ捨てる。彼の艶めかしい姿態を直視できず、結は顔を背けた。衣擦れの音がして、とめどなく蜜を溢れさせる秘処に、熱い物体があてがわれた。

大きく息を吸い込んだ結の体はまた熱を上げる。

待ちわびていたように蜜道がひくひくと収縮し、とろりとした蜜が溢れ出す。

「欲しくありませんか」

ほしいと強請《ねだ》るように腰が浮く。

「欲しければ、自分で、外してください」

レイファスのそれが蜜を絡めて何度も入り口を辿る。結は泣きそうになりながらのろのろと身を捻って背面のホックを外した。下唇を噛みながら、結はお気に入りのブラを引き離し、腕を引き抜いて床に落とす。

露になった乳房を眺めて、レイファスがゆっくりと腰を沈めていく。

「いい子だ」

「あっ……あぁ……！」

蜜道がレイファスのいきり立った剛直によって押し開かれていく。ゆっくりと何度も浅く抜き差しをされると、内壁が擦れて体中に電流が流れるような感覚に襲われた。

「狭いな……壊してしまいそうだ……」

これまでよりずっと切羽詰まった声でそう言ったレイファスが、更に奥へと入り込む。結の足を押し広げ、露になった乳房を荒々しく揉《も》む手付きにもさっきまでの余裕は感じられない。欲情。それをなんとか制御して、結を傷付けてしまわないように時間をかけて何度も抜き差しを繰り返しているのだとわかって、子宮がきゅうと疼いた。

上がった息で必死に小さく喘ぎながら目を開ける。レイファスの苦しげな表情に背筋が震えた。欲しがっているのは、自分だけではないのだと、はっきりわかる。

「あぁ、そんな目で見るな……本気に、なるだろう」

穏やかな口調でさえなくなったレイファスの姿に、結はどうしようもなく感じてしまう。今日会ったばかり。年も知らない。狐の耳までついている。それなのに、人生で一番気持ちいいセックスをしている。

「あっ、レイファス……」

「もっと、奥まで入れてみようか……！」

「あぁぁっ！」

一気に奥まで突き上げられて目の前がちかちかする。

激しく腰を打ちつけられる度に高い声がとまらなくなっていく。レイファスが結に圧し掛かり、彼の胸板に乳房の先端が擦れて更に快感は増した。二人の熱が混ざり、肌のぶつかり合う音と結の嬌声《きょうせい》が室内を満たす。

「あぁ、ここがいいのか……絡みついてくる……」

「やっ、言わなっ、あっあぁっ――！」

気を失いそうなほどの悦楽が結を支配していた。

激しく結を突き上げていたレイファスが身を起こし、息も絶え絶えの結の体も引き起こす。

「足を開いたまま、そう……」

繋がったまま、ソファに座る自身の上に足を開いて跨《また》がらせるようにして結を座らせたレイファスがゆっくりと腰を動かしはじめる。擦《こす》れる角度も、当たる場所も変わって結は夢中でレイファスにしがみついた。ぐっと押し上げるように動くレイファスの動きに合わせて、結の腰も揺れる。

「いやらしいな……自分でも、動いてしまうなんて……」

「やぁ……意地悪なこと、いわな、いでっ……んっ」

「意地悪か……かわいいことを言う」

大きな手が結の髪を撫で、唇が重なる。突き抜けるような快感とは違う、甘い充足感が胸の内を満たしていく。

ゆっくりと動くレイファスの体に赤く充血した実が擦れて、また大きな享楽の波が迫ってきた。

「レイ、ファス……も、あっ……イっちゃう……!!」

「私も、もう、限界だったんだ……」

律動が激しくなる。下から突き上げられて全身が揺れる。声をあげながら必死にレイファスの背に回した手に力を込める。

「あぁあっ!!」

「っ……!!」

先に結の体が大きく跳ねて、結の内で彼の熱い楔《くさび》が脈打った。耳の奥で響く、全速力で駆ける血液の音と、荒い息が二つ。髪を撫でるレイファスの手を感じたのを最後に、彼の腕の中で結は意識を失った。

目が覚めて一番はじめに視界に飛び込んできたのが、ベッドの支柱にもたれて座る艶めかしいレイファスの半裸体で、結はいたたまれない気持ちで目を逸らした。

「おや、随分とつれない態度だ」

窓から射した西日の赤が、鮮やかに壁を染めていた。

ベッドまで運んでくれたのはレイファスだろうが、あまり有難味は感じられない。あっさり、取って食われてしまった。

薄い掛布団の中で全裸の体を丸めながら、結はレイファスを恨みがましく見上げた。

「……なんでそんなに普通でいられるんですか……」

「そう恥ずかしがっていては身が持ちませんよ」

「……どういう意味？」

「候補者はあと四人います。快楽に溺れて忘れたわけではないでしょう？」

忘れていた。

快楽に溺れきって、レイファスに翻弄されて、全部、きれいさっぱり忘れていた。

結は低く呻《うめ》いて両手で顔を覆う。

これまで、結の中ではセックスと絶頂は別物だった。啓介との行為でも、求められている満足感はあっても、結自身が我を忘れてしまうほどの快感を得たことはない。

だというのに、レイファスとの行為で三度も。三度も。

（めちゃくちゃ気持ちよかったけど……自分がこんな淫乱だなんて……）

ちょっとショックだ。彼氏どころか初対面の男と寝たというだけでも、これまでの自分の人生からは考えられないことなのに。更にあと四人の男と寝る予定があるというのは受け止めきれない。

「そう難しく考える必要はありませんよ。巫女の刻印の助けもあるのですから」

「他人事だと思って……」

視線にたっぷり恨めしさを込めて見遣ると、レイファスは楽しげに笑った。

「でも、できたでしょう？　今日会ったばかりの私と。難しいことでしたか？」

答えに困る。

だが、なし崩し的ではあるが五人のうちの一人と実際に寝てしまったのだから後には引けない。結には昔から、へんなところで思い切りのいい部分があった。啓介との別れもそうだ。別れを切り出した啓介が「相手が妊娠してる」と言ったとき、結はどこかで「だったら仕方ないな」と思ってしまったのだ。

今回もそうだった。帰れないことも、巫女の役割についても、結は「仕方ないな」と思ったのだ。帰れないことはこの国の人たちの責任ではないし、自分が残りの候補者四人と寝てこの国が救われるなら、結にとっては大きなことだが、この国が払う犠牲と比べれば大したことではない。天秤《てんびん》の片側に乗る獣人の国の未来が重すぎて、結は今更逃げることなどできなくなってしまっていた。

「心配することはありません。候補者は刻印を持つ者を求めるようになっています。あなたを傷付けるようなことはしない」

「そういうものなんですか……」

「そういうものです」

レイファスは、手元に丸めてあったシャツに袖を通してボタンを留めていく。

長々と甘ったるいピロートークはしない主義なのだろう。だが、出会ってすぐの相手に甘い囁きをされても信じられそうにないし、こういう適度にさばさばした相手が初めてでよかったのかもしれない。

結は体に掛布団を巻き付けて、ベッドの上に座った。

「……レイファス、聞いてもいいですか？」

「なんですか？」

「他の候補者の皆さんも、レイファスみたいに身分の高い人なんですか？」

「そうですね。ウィンザーは将軍ですし、ルークは医学長です。アルとイルは王子ですから、皆それぞれ国にとって重要な人物といえます」

「イルって銀髪の子ですよね？　彼も王子なんですか？」

目覚めて最初に出会ったのがイルだったからか、彼の印象は強く残っていた。

アルもイルも王子だというなら、イルはアルの兄か弟になるが、二人の容姿は猫耳以外の共通点はない。

「アルとイルは双子です。王子として王の代理を務めるアルと違って、イルは『神殿の管理者』として国民に認知されていますが、どちらも女王の子息です。ですが、アルにはその話はしないほうがいい」

何か事情があるのだろうか。あまり踏み込んでいい話でもないような気がして、結は小さく「はい」と答えた。

「いい子だ」

レイファスはやわらかく目を細め、結の髪を撫でた。労わるような手付きには、一線を越えた関係にのみ許される親密さがあって心地良い。

「世話役を呼びましょうか？」

首を横に振る結の口元は、緊張が消えて綻んでいた。

「続きの間に湯場があります。好きに使って構いません」

「わかりました。使わせてもらいます」

「では、私はこれで」

きっと、彼は頼れる国王になるだろう。冷たく見えても、相手のことを思いやれる優しさだって持っている。大臣というポジションがどれほど忙しいか想像もつかないが、暇を持て余しているわけではないだろうに、眠った結を置き去りにせず目覚めるまでここにいてくれた。

「レイファス、ありがとう。私が起きるまで、ここにいてくれて」

「ゆっくり休むといい」

そう言い置いて、レイファスは部屋から出て行った。

彼の気配が消えてから、結はあと四人のことを考えてそっと溜息《ためいき》を吐いた。

繁殖力。呪いを抱えるこの国を繋いでいくために必要とされる王の資質。

その資質を候補者が持っているか見定めるために召喚された巫女。それが結だ。

候補者はあと四人。あと四人と……！

いったい、何の皮肉だろう。彼氏に裏切られて途方に暮れていた翌日に、獣人の国のために愛のないセックスをするなんて。

刻印の効果なのか、行為中は罪悪感も感じなかった。

いそいそとベッドから這い出た結は、風呂に入ってすっきりすると、再び襲ってきた気怠さに押し流されるように眠りに落ちた。

第三章　金銀兄弟は陰と陽

コンコン、と乾いた木材を叩《たた》く音で結は目を覚ました。

それがノックの音だと気付くのに少し時間がかかったせいか、その音は次第に大きくなり、今やまるでドラマの借金の取り立てみたいに容赦なくドアが叩かれている。

「ちょ、ちょっと待ってください！」

窓の外はすっかり日が暮れて、室内は真っ暗だった。記憶を頼りになんとかドアを開けると、そこにいたのはランプを持った、不機嫌そうなイルだった。

ちょっと意外だ。乱暴な性格には見えないのに、ノックはまるでチンピラだった。

「あの、何か？」

「夕食。食べないならいいけど」

「あ、食べます！　待って！」

一人歩きはじめたイルに、何とか追い付いて隣に並ぶ。彼の持つランプが温かみのある色で視界を照らしているが、ここにきて電気の偉大さを痛感する。ランプの明かりは頼りなく、三歩先は暗闇だ。廊下の隅から誰かが飛び出してこないか心配で、結は知らず知らず、明かりを持つイルに近寄ってしまっていた。

「……もうちょっと離れて。人に近付かれるの、あんまり好きじゃない」

「あー……ごめんなさい」

べったり引っ付いていたわけでもないが、パーソナルスペースの範囲は人によって違うというし、彼にとっては近すぎる距離感だったのだろう。結が一歩遠ざかると、ほっとしたようにイルが息を吐き出したのがわかった。

（ちょっと気難しい子なのかな？）

あのキラキラの王子様オーラ溢《あふ》れるアルと、どこか冷たく暗い印象のイルが双子だとは信じ難い。服装もアルは身分相応のものだったが、イルはもっと軽装だ。レイファスの話によると二人は役割も違うそうだから、そのあたりが関係しているのだろうか。

（性格も真逆っぽいし、適材適所ってことなのかな）

そんなことを考えているうちに、無言のまま食堂に到着した。

食堂は、あちこちに置かれた明かりのおかげで電気をつけたような明るさだ。縦長のテーブルが三つが並び、すでに多くの人が席についていた。

「ああ、巫女《みこ》様！　こちらへどうぞ」

声をあげたのはメリダで、結は彼女に招かれるまま席について食事をとった。白い服の人々は神殿で暮らす信徒だそうで、彼らは『守護神マイアが遣わした巫女』を丁重にもてなした。なんだか、却って恐縮してしまう。

結が信徒とメリダに世話を焼かれている間、イルは食堂の入口で黒い服の中年男たちと立ち話をしていた。さすがに話の内容は聞こえなかったが、楽しい井戸端会議には見えず、気になって何度か様子を窺《うかが》っているうちに彼らは解散して、イルもどこかに消えていた。


食事を終えるとメリダに自室へ戻るよう促され、結は席を立った。

するとと、食堂を出ようとしたところで、どこから現れたのかイルが隣に追いついてきた。

「勝手にうろうろしないでくれる」

棘《とげ》のある物言いに、結は苦笑いを浮かべる。

「うん、でも、私一人で戻れますから」

結の主張を無視して、イルはすたすたと歩きだした。そのくせ、数歩先で振り返り「早く」と急かすので、結は仕方なく小走りで彼の隣に並ぶ。

（まぁ、真っ暗だし。一人で戻るよりはいいけど……）

それにしても、友好的とはいえない態度だ。信徒たちとの温度差がすさまじい。さっき近付き過ぎたことが気に障ったのだろうか。

距離感に注意しながら、ランプの明かりに照らされたイルの横顔を盗み見る。

無表情。彼の表情から読み取れるものは何もなかった。

視線に気付いたイルが、ちら、と結を一瞥《いちべつ》する。

「なに？」

「夕食、食べました？　人と話してたけど」

「……食べた」

会話終了である。彼らとの会話の内容も、彼らの紹介もする気はないらしい。

無言で歩くほうが時間を長く感じそうで、結は当たり障りのなさそうな質問を探した。

「そうだ、イルって、この神殿の責任者なんですか？　メリダもレイファスもそんなこと言ってましたけど」

「……そう。だから、おまえに何かあったら俺がアルに怒られる」

「怒られるの？」

イルの眉がぎゅっと歪《ゆが》み、心の中の「面倒くさい」という声が聞こえた気がした。

「神殿の管理者は……誰でもなれるわけじゃないけど、任命する権利は王にしかない。俺たちの母親は、先代の管理者が死んだあと後任を指名しないまま死んだ。俺は、王の代理を務めるアルに任命されて神殿の管理者になったから、おまえに何かあったら、俺を選んだアルに迷惑がかかる」

意外にきちんと答えてくれたものの、口調が淡々としていて態度も素っ気ない。

（でも、お母さんを亡くしたんだもんね）

そう考えると、他人と一線を引くような彼の様子も納得できる。

双子のアルが母の死に区切りをつけて前に進もうとしているからといって、イルも同じようにするべきだとは、結は思わない。悲しみの埋め方はそれぞれだ。

「そういうことか。アルと、仲良いんだね」

「……別に」

背景が分かったからなのか、イルの返事も気にならなくなってきた。それに、男兄弟だ。特別仲良しというわけでなければ、返事は「別に」でもおかしくない。

「だけど、私に何かあったらって、どういうこと？　危険があるってこと？」

「違う。おまえが怪我したり、嫌な思いして、選出に支障があると困るって話」

「あー、そういうことね。なら、これから私が移動するときには、ずっとこうしてイルが付き添ってくれるの？」

「選出が終わるまでは、メリダと交代で」

「そっか。じゃあ今後は一人でうろつかないようにするし、よろしくお願いします」

軽く頭を下げた結が顔を上げると、イルと目が合った。しかし、彼は返事をせずに前を向き、会話はそこで途切れてしまった。

しばらく無言で歩き続け、食堂の喧騒《けんそう》が遠のいてから、イルがぽつりと言った。

「……平気？」

「え？　何が？」

結が顔を上げても、彼の目はじっと前方に注がれていて視線が交わることはない。イルの形のいい唇が何か言おうと開き、躊躇《ためら》うように閉ざされる。何度かそれを繰り返した。

「……明日、ルークがおまえの診察に来る。体調が悪いとか、何か困ったことがあったら、あの人に言うといい。昼前には到着するはずだから、準備してて」

ルークという名前には聞き覚えがある。確か、候補者の一人で、医学長。異世界からやって来た巫女の、健康状態を確認に来るのだろうが——診察だけ?

それとも、明日、その人と?

(だとしたら、ペース早くない……?)

しかし、いつまでも国王不在にはしておけないのだろう。それに、自国が呪いで滅ぶ不安を抱える国民の心情を考えれば、王を選ぶのは早いに越したことはない。

そして、王を選ぶためには、候補者全員の繁殖力を判定しなければならない。

(皆、忙しいだろうから、ぐずってないでさっさと済ませないとだよね……)

結は、汗ばんだ手をそっとスカートで拭う。こんな緊張感は初めてだ。

できるだろうか。レイファスは強引なところもあったが、危ない趣味はなかった。まだ見ぬルークがとんでもない性癖を持っていたらどうしよう、と結はつい怖くなる。だが、やると決めたことだ。逃げてはいられない。

「ルークさんって、どんな人?」

「……いい人。急に怒ったりしないし、面倒見もいい」

ざっくりしたイルの説明では、ルークの人物像は見えてこない。

まだ見ぬ候補者を思い、結の口から意図せず細い溜息《ためいき》が零れる。

「……そんなに不安がらなくても、大丈夫」

静かな口調の中に励ますような響きがあるような気がして、結は隣のイルを見上げる。やはり彼の視線は前方に注がれるのみで結に向けられることはなかったが、その表情はさっきより心なしか穏やかだ。

「候補者は刻印の効果で、巫女に惹《ひ》かれるように、大切にするようになってる。不安がる必要ない」

それはレイファスからも聞かされていたことだ。巫女の匂いが候補者を惹き付ける。まるでフェロモンだ。候補者だけに効果のある、フェロモン。

（そういえば、イルも候補者の一人なんだよね……）

不意に気付いてしまった事実に、結の歩みは途端にぎこちないものになってしまう。急に、彼とどう接するのが正解なのかわからなくなる。同時に、フェロモンの効果に疑念を抱かずにはいられない。イルには、効果があるようには見えない。

また、ちら、とイルの横顔を盗み見る。彼の眉がぴくりと歪んだ。

「なに」

「……イルも、候補者なんだよね？」

「……なんで今そんなこと言うの」

「ご、ごめん……」

せっかく続いていた会話を自分から潰してしまった。イルはそれきり口を閉ざし、結は後悔しながら暗い廊下を無言で歩いた。

イルに部屋まで送ってもらい、室内の明かりを点けているとドアを叩く音がした。結は、イルが何か伝え忘れて戻ってきたのかと返事もせずにドアを開けた。

暗い廊下に立っていたのは、アルだった。

彼は少しばつの悪そうな顔をしていたが、何とかそれらしい笑みを浮かべる。

「夜遅くに突然押しかけて、すまない」

「いえ、大丈夫ですよ。よかったら中へどうぞ?」

王子様と立ち話も何だと思ったのだが、アルは毅然《きぜん》とした態度で首を横に振った。

「いや、ここでいい。この時間に、女性の部屋に入るわけにはいかない」

そこまで考えていなかった結は、「あ、お、はい」ともごもごした返事しかできない。

「判定の話を聞いて、驚いていると思って会いに来たんだ。びっくりしただろう。肝心な説明をせずに君に協力を求めてしまって、すまなかった」

確かに驚いたが、あの話をアルから順序立てて説明されていたら、結はひどく狼狽《うろた》えてしまっただろう。とても気持ちの整理などつけられず、未だにうんうん唸《うな》って腹を括れずにいたに違いない。何だかよくわからないうちにレイファスにペロッといかれてしまったからこそ、覚悟が決まったのだ。

だから、結果的にアルは何も間違っていない。

「気にしないでください。まぁ、びっくりしたし、これからのことも全然不安じゃないって言ったら嘘《うそ》になりますけど。私、この国が存続できるようにちゃんと協力しますから」

努めて明るく言った結を、アルは黙ったまま見つめた。

甘い緑の瞳に射貫かれて、徐々に鼓動が加速していく。彼の目は、まるで結に恋をしているような光を宿していた。これも刻印の効果なのだろうか。

「君は、信じられないくらい、素晴らしい人だ」

「え、そ、そんなぁ」

茶化して笑ってみた結の頬に、アルが躊躇いがちに触れた。

ほっそりとして見えた手は、触れられてみればやはり男性のもので、じりじりと頬が熱を帯びていく。

「巫女が、君でよかった。僕は、君が……」

時が止まったように、彼から目を逸らせない。

もしかして、このまま――？

腿《もも》の刻印のあたりが、ちりちりと焼け付くように痛んだ。彼の顔が迫ってきて、とくん、と心臓が大きく跳ねる。キスの気配に、反射的にきつく目を閉じた。

「ユイ……」

恋人の名でも呼ぶような甘く愛しげな呼びかけに、胸の奥がきゅんと締め付けられる。

結の髪を耳にかけながら、アルは露になった額にキスをして、すぐに離れた。

「……今日は、君にとって大変な一日だったと思う。ゆっくり休んで」

アルが「おやすみ」と告げて去っていくのを、結は呆然《ぼうぜん》と見送った。

室内に戻り、へなへなとベッドに倒れ込む。

のぼせたように顔が熱い。レイファスと寝てしまったことより、今のやり取りのほうが結にとっては恥ずかしかった。二十八歳。純情なほうが刺激が強い。

（ダメだ、完全に私のキャパを超えた……！）

こういうときは、眠るに限る。結はそのままベッドに潜り込んだが、目を閉じるとレイファスとアルが交互に頭を占領し、何度も枕に顔を埋めて一晩中唸ることになるのだった。

第四章　医学長は意外と××

翌朝、結を起こしに来たのはメリダだった。

イルと違って常識的なノックだったが、ドアを開けたが最後、メリダは結を押しのけるように室内に入ってきた。

「おはようございます、巫女《みこ》様。さぁ、朝の準備を致しましょう」

メリダはてきぱきと桶《おけ》に水を汲《く》み、布と櫛《くし》を用意する。勢いに負けた結は、彼女の指示通りに顔を洗って髪を梳《と》かした。

これが毎朝の日課になるのなら、明日からは早起きしたほうがよさそうだ。

結の支度が整い、メリダと食堂へ向かって歩いていると、窓の向こうにイルの銀髪が見えた。中庭を挟んだ廊下を一人歩く彼は、食堂とは反対側を目指している。

「あれ、イルですよね？　朝ごはん食べないんですか？」

「イル様は朝のお祈りがございますので、朝食は後から召し上がります」

「お祈り……？」

「神殿の管理者は、守護神マイアに祈りを捧《ささ》げるのでございます」

イルが神に祈る様子は想像できない。あまり信仰心の篤いタイプには見えないが、やるべき仕事を渋々こなす姿はぼんやりと浮かんだ。想像が曖昧なのは、結が『神殿の管理者』が何なのかをきちんと理解していないからだろう。

「神殿の管理者って、お祈りの他には何をしてるんですか？」

「祭事の執り行いや、信徒たちを導くのも神殿の管理者の務めですが、何よりも祈りが一番のお役目でございます。マイアの加護が途切れるようなことがあれば、巫女様が現れることもなく、我らは呪いに対抗する手段を失うことになるのですから」

なんだかスピリチュアルな話をされた、というのが結の感想だが、呪いという爆弾を抱えるアストールマイアにとって、巫女を召喚する神への信仰が命綱というのは理解できる。現代日本人の結とは宗教の価値観が根本的に違うだけで、不思議はない。

「イルには、何か不思議な力があるんですか？　その、守護神の加護が途切れないように祈るって、そういうことですか？」

「イル様には、御父上より受け継がれたマイアの息吹を感じる力がおありです。巫女様のご降臨を感じ取り、いち早くマイアの棺に駆けつけられたのもそれ故です。ですが、マイアへの祈りは、呪術的な力のお話ではございません。信仰を守る象徴としてのお話にございます」

「へぇ……その守護神を感じる力っていうのは、アルにはないんですか？」

「……アル様にはございません」

彼らの役割分担は、性格の問題ではなかったらしい。

神殿の管理者とはつまり、結の感覚的にいうなら、神官なのだろう。

「それにしてもユイ様、ご体調がよろしいようで何よりにございます。昨日は早速お務めにあたられて、さぞお疲れのことと心配しておりましたが、今朝はお顔艶もよろしくて」

足が止まった。含みのある口ぶりに、顔がかあっと熱くなる。

メリダは知っているのだ。昨日、結がレイファスに抱かれたことを。

「な、なんで知ってるの⁉」

「はい？　わたくしは女官長として、イル様は神殿の管理者として、判定の進行状況を把握する責務がございます」

「イルも知ってるの⁉」

卒倒しそうだ。心に深刻なダメージを負った気がする。エロ男とのセックスを第三者から突きつけられる展開は予想していなかった。しかも、イルまで把握しているなんて。

(気まずいはずだよ……！)

両手で額を押さえて呻《うめ》いた結を無視して、メリダは力強く続ける。

「歴代の巫女様の中には、なかなかお役目を果たされず、不安に駆られた国民が祈りを捧げて連日神殿に詰めかけたと記録が残っております。早々にお勤めにあたってくださっているユイ様に、わたくし心より敬服して――」

「え、待って……⁉　今の話でいくと、私が候補者とセックスしたって逐一国民にも知らされるってこと⁉」

「ユイ様、選出のためのお勤めは、神事にございます。ふしだらな行為と同列に扱われるのはおやめください」

ぴしゃりと言ったメリダは、これ見よがしな溜息《ためいき》を吐いて嘆いてみせた。

「判定の状況は、余程遅れが出ない限り神殿の外に漏れることはございません。しかしながら、巫女様の御心一つで我らは滅びゆくのですから、判定がいっこうに進まぬときには、全国民に心の準備をするよう告知するのも神殿の責務にございます。そうならぬよう、神殿の管理者は巫女を導くのが役目ですのに、まったくイル様は……」

最後はほとんどイルに対する小言だったが、そんなことより、「早く残りの候補者とも寝て王を決めてくれ！」と列を成す国民を想像して、結はぞっとした。とんだプレッシャーだ。

（その前に、メリダにお尻叩《たた》かれかねない……）

早急に、巫女の仕事を片付けてしまわなければ。

結は使命感に燃えながら、メリダに続いた。

脈を取る手と、結を真っすぐ見つめる優しい瞳。茶色の瞳が笑みに細められて、ゆっくりと彼の手が離れていく。

「ちょっと緊張してるね」

ルークは笑うと目尻に皺《しわ》が走る可愛い人で、赤みの強い髪と同じ色の垂れた耳がある。見るからに優しい人柄が滲《にじ》み出ていて、白衣を羽織っているのに圧迫感を与えない。

結は、部屋にやって来た彼が安心感を与える笑みで手を差し出したとき、心底ほっとした。医学長という肩書から、いかにもなインテリ像を膨らませていたが、目の前に現れたルークは結と同年代か少し上くらいに見えて、それも親しみやすさを与えていたのかもしれない。

だが、挨拶を交わしてから実際診察に入ると、そうもいかなくなってしまう。

明るいベンチの上で普通に脈を取られたり、目や口の中を見られているうちに、おかしなことに、彼のズボンの一部が張り詰めているのに気付いてしまった。

見てはいけない。これは生理現象だ。

しかし、見てはいけないと思えば思うほど結の態度はよそよそしくなり、意図して視線を下げようとしない結の変化に、当然ルークも気付いていたようだった。

ルークはごめん、と言って片手で顔を覆う。

「本当にごめん。そういうつもりじゃないんだ。刻印の匂いなんて、きっと自分には効かないと思ってたし、なんとか対処できるって信じてたんだ。だけど……」

「……匂います？」

「うん。すごく。本当にごめん」

ほとほと参ったという様子で苦笑するルークに、結もようやく笑って応じる。

もうこれは笑い話にしてしまったほうがお互いのためになるはずだ。

「私こそごめんなさい。もう、気になっちゃって……」

「そうだよね。本当にごめん」

「離れてみます？　そのほうが匂いもマシですよね？」

「いや、あんまり変わらないと思う。もう、部屋中に君の匂いが充満してて……」

「そんなに？」

結がブラウスの襟を引っ張って匂いを嗅いでみると、ルークは小さく笑った。

「自分じゃわからないと思うよ。それに、候補者にしか効果はないから、気にしなくて大丈夫」

「くさいですか？」

「ううん。いい匂い。甘くて、優しくて、でもちょっと刺激的」

刺激的。

ルークの口からそんな言葉が飛び出すと、却っていやらしい響きに聞こえてしまう。

不意に、ちりちりと刻印のあたりが痛みはじめた。

またた。耐えられないほどの痛みでもないが、呪術的な刻印の異変は少し怖くもある。

この痛みにどんな意味があるのだろう。幸いなことに目の前にいるルークはこの国の医者を纏《まと》める医学長だというのだから、彼に訊《き》くのが一番早い気がする。

「あの、ご存じだったら教えてほしいんですけど。刻印のあたりが痛くなることがあって。これって普通のことなんですか？」

「痛むって、どういうふうに痛む？」

「ちりちりと、じわじわ燃えるみたいな感じです」

「……症状は、いつ起きた？」

「昨日、候補者の人といたときと……それから、今もちょっと」

ルークが「あー……」と答えにくそうに視線を逸らした。何か言いにくいことなのだろうか。人差し指で頬を掻《か》き、苦笑したまま彼はそろそろと結に向き直る。

「隠しても不安になるだろうから、はっきり言うね」

ルークは仕事の顔になっていた。仕事に対する責任感と誇りが見て取れて、それは彼の持つ知識や地位より、ずっと素敵な彼の魅力だ。

「刻印は、候補者を惹《ひ》きつける匂い以外にも、様々な作用を巫女の体に引き起こすんだ。例えば、選出が終わるまでの避妊効果とか。そのうちの一つに、巫女が候補者を受け入れやすくするため、巫女の体にもたらされる催淫の効果がある。巫女が性的な感情を抱くと、灼熱《しゃくねつ》感に似た痛みとともに、体に催淫効果が広がる」

結は、頭の中で話を整理する。

巫女が候補者を受け入れやすくするために、刻印が催淫の効果をもたらす。

催淫効果をもたらすきっかけとなるのは、巫女が性的な感情を抱くこと。

性的な感情？

「……要するに、エロいこと考えたら刻印のあたりが痛くなる？　候補者と……その、しやすくするために？」

「まぁ、そういうことだね……」

今度は結が顔を覆う番だった。恥ずかしすぎて泣けてくる。今まさに自分はいかがわしいことを考えましたよ、と打ち明けてしまったようなものだ。

「あーもうやだごめんなさい！」

「いや、俺がこうなってるせいだから！　君は悪くないよ！」

勃起した男と、エロいことを考えてしまったと暴露した女が互いに慰め合う姿は滑稽でしかない。二人の間には気まずさより可笑しさが漂い、どちらからともなく笑い声があがる。気が合うとか波長が合うとか、言い方は色々あるけれど、なんとなく一緒にいて楽な相手だと感じて結の肩から力が抜けていく。

「あー恥ずかしい！　こんな恥ずかしいことってない！」

「そうだね、俺もちょっと覚えがないよ」

笑いながら、ふとルークと目が合う。

二人の間に漂っていた和やかな雰囲気に、ほんの少し、甘いものが混ざり込む。

どのみち避けては通れないセックスをいつするか。

今でもいいかもしれない。そう考えていたのは結だけではなかったらしい。

ごく自然に距離は縮まっていた。

「……今、していい？」

刻印の催淫効果のおかげか、ルークを好意的に思えるからか、それともメリダのプレッシャーが背中を押したのか、結はあっさりと頷《うなず》いて、頷いたあとに後悔は続かなかった。

ごく自然に、まるで何度もそうしてきたように、二人はベッドに向かい、天蓋から垂れる分厚い布の陰の中でキスを繰り返した。

うなじに添えられていた彼の手が、少しずつ下りていって結のブラウスのボタンが外されていく。結は躊躇《ためら》いながらも、ルークの羽織る白衣を脱がせ、彼のシャツも剝ぎ取った。下着以外のすべてを奪いあうと、彼は座ったまま後ろから結を抱き寄せた。

背中に感じるルークの体温は高く、彼の胸から伝わる鼓動は、少し早い。結の小ぶりな胸の奥で跳ねる心音も、きっと彼に伝わっているだろう。

「緊張してる？」

結は少し体を捻ってルークを見上げた。

「うん……ルークは？」

「すごく緊張してる。けど、もう我慢できそうにない」

我慢できないといった言葉のとおり、振り返った結の唇をルークが塞いだ。

結の脇腹から這《は》い上がる手が、すぐにブラに包まれた胸に到達する。揉《も》みしだかれるうちに、結はキスの合間に色付いた吐息を抑えきれなくなってしまう。

「はぁ……ん、んっ……」

するするとブラが外されて結の白い乳房が露になると、ルークの手がやわらかさを試すようにそこを包んだ。彼の掌《てのひら》で主張する突起をつんと指で転がされ、結はぴくりと肩を震わせて鼻に抜ける声を漏らす。指の腹で挟みこむように、きゅうっと先端を摘まれた。

「あ、んんっ……！」

「気持ちいい？」

結は、真っ赤になりながらも頷く。ルークの指は硬くなった淡色の先端を何度も転がし、摘まみ擦りあげてくる。執拗《しつよう》な胸への愛撫《あいぶ》に結はルークの腕の中で身悶《みもだ》え、しきりに内腿《もも》を擦り合わせた。

これが催淫の効果なのか、こんなふうに焦《じ》らされたことがないせいかはわからない。だが、結は迸《ほとばし》る熱を秘処に感じてそれを抑えきれなくなっていた。

「あっ、んやぁ……ルーク、もう……」

「なに？　どうしてほしいか、言ってみて」

羞恥が身を焦がしていく。

彼を求めてじっとりと濡《ぬ》れた下腹部を無意識に揺らしながら、結はルークを見上げた。

触ってほしいと言えばいい。わかっていても、それは上手く言葉にできない。

「俺にどうしてほしいか、ちゃんと教えて？」

優しいルークの声に、雄の低い響きを感じて子宮がきゅうと疼《うず》く。

言葉にするのはどうしても恥ずかしくて、自分の手を、そろそろと下腹部に伸ばす。ショーツに少し触れただけで、そこがどれだけ淫らな蜜を滴らせているかがわかる。

「……ここ……」

「そこを、どうするの？」

ルークの吐息が耳をくすぐる。

「自分でしたこと、あるよね……」

ぴちゃ、と耳を舐《な》める音が鼓膜を犯し、結はまた鼻に抜けた甘い声を漏らした。理性はどんどんとろけていき、反対にショーツは湿り気を増していく。その間にも、ルークの手は結の胸を掬《すく》いあげて弄ぶ。

「どうやってるか、俺に教えて？」

「やぁ……そんなのできない……」

「なんで？」

「……恥ずかしい……」

消え入りそうな声で言って顔を伏せた結の髪にキスが落ちてきた。

「恥ずかしくないよ。もっと恥ずかしいこと、するんだから。ほら、やってみて」

ルークの足が結の足に絡み、大きく開かされた。胸を解放した彼の手は、優しく結の手をそこへ導く。自分で触れただけで体が震える。秘処は飢えたように刺激を求めていて、ルークの手が再び乳房の先端を弄びはじめると、結の手は羞恥を上回る情欲に支配されてゆるゆると動きだした。

　ショーツの上から、そっと割れ目を辿《たど》り、身を潜めていた花芽に触れる。

「あっ……やぁ、ルーク……もう、いいでしょ……？」

「もっと、ちゃんとして見せて……自分でイけたら、今度は俺がしてあげる」

　ルークの息に混じる劣情が、また蜜をあふれさせた。

「ほら、して見せて……」

　また、ルークがはしたなく赤く染まった先端を摘む。このまま されていたら、もどかしさにどうにかなってしまいそう。ショーツの中に手を滑らせると、指にぬるりと愛液が絡みついた。そのまま、自分が一番弱いところを刺激する。徐々に息が荒くなり、声も抑えきれなくなる。

「あっ……ん……」

　くちゅくちゅといやらしい音をたてながら自分自身の手で乱れている様を見られているという状況に、どうしようもないほど感じてしまう。

「ユイ、気持ちいいの？　すごい音してる……」

「んっやぁ……言わないでぇ……」

「もっと見せて。ユイがいやらしく自分でしてるところ、見たいんだ。ほら……わかる？　ユイのしてるのを見て、俺のも……」

　ルークのそこが結の臀部《でんぶ》に押し当てられる。硬いそれがゆっくりと擦りつけられて、それに同調して結の手も貪欲に一点を集中して動きはじめる。耳元で荒くなるルークの息と、擦《こす》りつけられるそれに、結の手は止まらなくなっていた。足先まで力が入り、迫り来る快感に夢中になる。

「んっ、あっあぁ……！」

欲するがままに、結は自らの刺激で果てた。

がくがくと震えて、肩で息をしながらぐったりとした結の体を抱きなおし、ルークは頬や額に優しくキスを繰り返す。

「意地悪して、ごめんね。恥ずかしがるユイが可愛くて……」

彼の唇を感じて、結は朦朧《もうろう》としながら薄く口を開く。深くなるキスに翻弄されていると、今度はルークの手が下着の中にするすると侵入してきた。結のそれとは違う、しっかりした指が秘裂を辿るように彷徨《さまよ》う。

「こんなに濡れてたんだ……」

「言わない、で……んっ！」

とぷりと、彼の指がぬかるみに沈んだ。中を探るように媚肉《びにく》が擦られていく。

「ユイの中は、狭いね……すごいとろとろ……」

「ルーク……やっそこだめっ……あっ!!」

探り当てたそこを掠《かす》めるように掻《か》き乱されて、結の声はいっそう高くなる。

淫猥《いんわい》な水音に、結の嬌声《きょうせい》とルークの荒い息が混ざり、濃密な空気が快感を増幅させてい

た。迫りくる快感の波に結の爪先がシーツを掻き、ルークの腕にしがみ付く。彼のもう一方の腕がきつく結を抱き寄せた。

「あっあっルーク……あぁも、イっちゃう……！」

「ユイの中、絡みついてくる……こんなにいやらしい音させて……」

「やぁ、そんなっあっ……んっあぁ！」

大きく仰け反って達した結に労わるようなキスをして、ルークはそっと結のショーツを引き下ろした。

「下着、びしょびしょにしちゃったね」

濡れたショーツが足から引き抜かれても、結はしばらく起き上がることもできなかった。息も絶え絶えで、汗ばんだ体に力は入らない。脱力しきった結の体がゆっくりとベッドにうつ伏せにされ、腰を引き上げられる。

「ごめん、俺ももう限界……挿れさせて……」

「あっ！」

後背位からの挿入に結は背を反らして喘《あえ》ぐ。

ルークの色気の滲む息が聞こえて、割り入った剛直は更に奥へと押し進んでいく。彼を飲み込もうと奥からとめどなく蜜が湧きだしてくる。一気に引き抜かれたそれが再び結を貫くと、結は体を震わせて高く啼《な》いた。

「すごい、気持ちいい……痛くない？」

「ん……」

「気持ちいい？」

「んっあっ気持ちいっ……あっ！　あぁっ!!」

抽送を繰り返す度に肌がぶつかり、じゅぶじゅぶと淫らに響く接合部からの音に、結はシーツを握りしめひたすら快楽に身を投じた。何も考えられない。本能を刺激する体位が羞恥を掻き消し、もっともっとと結の腰も揺れる。

もうそこまで悦楽の頂が迫っていた。

不意に、ルークの熱杭《ねっくい》が中から抜け出る。咥《くわ》え込んでいた質量を失った蜜壺《みつつぼ》からじわりと愛液が溢《あふ》れ出す。どうして、と、のろのろと振り返った結の体はあっさりと仰向けに押さえつけられ、今度は正面から彼を受け入れた。一気に最奥まで沈められると結は大きく息を吸い込んで声も上げられない。

「っ……やっぱり、顔が見えるほうが、いいね……」

大きく開かせた結の足を固定したまま、ルークは律動を早めていく。繰り返し突き上げられる快感に引きかけた波が押し迫り、結は抽送にあわせて持て余す熱を吐き出すように喘いだ。シーツを掴《つか》む。ただ繰り返し打ちつけられる悦楽に乱れてしまう。

「あっあぁぁ！」

「っ……だめだ……ユイ、も、イく……っ！」

低い呻きとともに、結の中でルークの熱が弾けた。

脈打つ楔《くさび》に結の肉壁が吸い付いて、結は情けなくか細い声をあげる。どくどくと中で脈打つ動きにさえ、火照りきった体は敏感に反応した。

「ユイ、気持ちよかった……」

「ん……」

意識が朦朧として、まともな返事は浮かんでこない。くらりと目が回る。目を開けていることさえ、ままならない。優しいキスを心地いいと思ったのを最後に、結の体力は限界を迎えた。


ルークの呼ぶ声がする。

結は間抜けな「んー」という声をあげながら、のろのろと寝返りをうった。腰が軋《きし》んで、膝にもこそばゆいような倦怠《けんたい》感が残っている。

「ユイ、そろそろ起きて。もう夜だよ」

「えっ⁉」

「嘘《うそ》。まだ夕方──気分はどう？　体は大丈夫？」

肘をついて体を起こした結に上掛けをかけながら、ルークは心配そうに眉尻を下げた。

室内に射す金色の夕日に安心した。本当に、まだ夕方のようだ。

結は笑って眠気の残る目を擦った。

「もう、びっくりした」

「ごめん。ユイが全然起きないから、ちょっと心配になって。大丈夫？」

「……大丈夫」

自分だけではなくルークも若干の気恥ずかしさを感じているのが伝わって、目が合うと互いに笑ってしまう。変な感じだ。

「俺だけかもしれないけど、すごく変な感じ。だって、君のことほとんど知らない」

「本当に！　今日会ったばっかりなのに……」

結が濁した続きを察して、ルークは「わかるよ」と頷いた。

寄ってくる女をあっさり抱いてしまいそうなレイファスと違って、ルークは誠実そうに見える。実際の女性遍歴はわからないが、少なくとも彼には初対面の結と自己紹介もそこそこに肉体関係をもってしまったことに対するわずかな罪悪感が窺《うかが》えた。また互いに笑い合って、結は自身の中にも渦巻く罪の意識を彼と分かち合った。

結がブラウスのボタンを一番上まで留めきった頃には、ルークはここへ来たときの誠実で穏和そうな男性に戻っていた。ほんの数時間前に人にとんでもない行為を要求していた人間には決して見えない。それを考えてしまうと目も合わせられなくなりそうで、結はできるだけ行為中の彼を思い出さないように努めた。

他愛のない話には終わりがなかった。彼の所属する医師会は、丘から見える小川の中腹あたりに位置し、ここまでの移動は馬車だという。アストールマイアのことを、彼は結が尋ねるままに答えてくれる。国内では物々交換が基本で、特産品は果実酒や毛織物。近隣諸国との交易は盛んだというが、それは大陸内に限った話で、別大陸に存在すると言われている『人間』と獣人の関わりはないそうだ。

「周りの国も獣人の国なの？」

「ううん。長耳族とか、小人族とか」

「へぇ……じゃあ、獣人が暮らすのは、アストールマイアだけなんだね」

うーん、とルークは首を傾けて苦笑した。どう説明するのがいいかと悩んでいる様子は、身分ある成人男性に対しては失礼かもしれないが、ちょっと可愛い。

「隣の国は、アストールマイアの獣人とは種類が違うけど、ユイたち人間からすれば同じような獣人の国だと思うよ」

「種類が違う？」

「うん。彼らには耳はないけど尻尾があるんだ」

ケモ耳の国と尻尾の国が隣り合っているなんて、なんだかとてもメルヘンだ。そんな結の能天気な想像を打ち消すように、ルークは深刻な響きで続けた。

「でも、隣の国とは、昔からうまくいってないんだよ。この国の呪いの話は聞いた？」

「うん。巫女が国王を選ばないと……」

子供が生まれなくなる。

ぞっとする呪いを現実のものにしたくなくて、結は最後まで言わなかった。ルークも結の意思を汲んだようで、その続きは口にはしなかった。

「そう。その呪いをかけたのは、隣国のフェルドブルグなんだ。その説明は俺がするより、もっとわかりやすくて演出のきいた本があるから、それを読むといいよ。ここの書庫にもあるんじゃないかな」

「でもそれって、アストールマイアの言葉で書かれてるんだよね？」

「そうだね。言葉が話せるから、文字も読めるんじゃないかな？　イルに言えば用意してくれると思うよ」

（イルかぁ……「書庫に案内して」なんて頼んだら、嫌がりそうだなぁ……）

　イルが快く願いを聞き入れてくれる様子はどうしても想像できず、結は大きな課題を課せられた気分だった。

　しかし、テレビもネットもない環境でぼんやりとあと三人との今後に緊張と不安を感じているより、この国の歴史について学んだほうが有意義に過ごせるだろう。

「うん。頼んでみる。じゃあ今度ルークに会うときには、私ももう少しアストールマイアについて詳しくなってるね」

　殊勝な発言をした結に、何故かルークは含みのある、悪戯《いたずら》っぽい顔で笑っていた。

第五章　近づいたり離れたり

風呂上がりの結が濡《ぬ》れた髪を乾かしていると、ドアの向こうから小さな声が聞こえた。ぺたぺたとドアを叩《たた》く音もする。メリダともイルとも違う様子に少し身構えつつ、結は「はい?」と返事をしてドアを開けた。

ドアを開けた結の視界には、夕刻の暗い廊下が続くだけで、そこに人はいない。誰もいない、とぞわりと背筋を怖気が這《は》い上がったとき、視線のはるか下から声がした。

「イルはー?」

子供がいた。未就学児か小学校低学年くらいの女の子。ふわふわの金髪と同じ色の、真ん中でぺたんと折れた耳がついている。彼女は、つぶらな青い瞳で結を見上げていた。

「ねぇイルはー?」

「イル?　イルを探してるの?」

少女は小さな顔をぶんぶん縦に振り、室内を覗《のぞ》き込んだ。

結は慌てて彼女の前に立ち、覗き見を阻止する。メリダが神事だ何だと喚こうが、こんなヤリ部屋をいたいけな少女の視界に入れてはならないという倫理観がそうさせた。

「イルはここにはいないよ」

後ろ手にドアを閉め、廊下に出る。布を首に引っかけたままの湯上りスタイルで、結は少女と目線を合わせようとその場にしゃがみ込んだ。

天使のように愛らしい顔をした彼女は、イルがいないことに落胆したのか、小さな唇をつんと突き出して頬を膨らませている。

「ママが、イルは巫女《みこ》と一緒って言ったもん」

どうやら彼女は、母親からイルの居場所はここだと聞いてやって来たらしい。しかし、彼はまだやって来ていないし、陽が落ちはじめたこの時間帯、廊下はそろそろ暗くなる。彼女を母親の元まで帰そうにも、一人で歩かせるのは気が咎《とが》めた。

「イルは、もうすぐ来ると思うよ。ここでちょっと待ってようか。お名前、教えてくれる？」

イルが来ると聞いて、たちまち少女の表情は明るくなる。彼女は鈴を転がす声で「ミーアだよ」と名前を教えてくれた。くるんと上向きにカールした睫《まつげ》が羨ましい。

「巫女のおなまえは｜？　巫女は、おなまえじゃないってママが言ってたよ」

「うん、私の名前は、結っていうの。よろしくね」

それにしても、イルとミーアの関係性が見えてこない。アルは、「自分たちには女兄弟がいない」と言っていたが、親族なのだろうか。

「ミーアは、イルの家族なの？」

「違うよ！　ミーアはね、大きくなったらイルのお嫁さんになってあげるの！」

（えっ、可愛い〜！）

堂々とイルの未来の嫁宣言したミーアに、結の表情筋は緩みっぱなしになる。

きらきらと青い瞳を輝かせるミーアの耳が、ぴくりと動いた。ふわふわの髪を揺らして彼女は唐突に廊下に駆け出す。

「あっ、ミーア、どこに――」

「イルー！」

廊下の角からランプの明かりが現れて、結の視界は一瞬眩《くら》んだ。しかし、ミーアはランプを持つイルに躊躇《ためら》いなく抱き着いて、立ち止まったイルは何とか彼女を受け止めている。

「また勝手にうろうろしてる」

その声が誰の声なのか、瞬時には解せなかった。

ミーアの目線に合わせてしゃがんだイルは、とろけるような微笑みで彼女の髪を撫《な》でた。

「いいんだもん。イルのとこに行くって、ちゃんとママに言ってきたもん」

「ダメ。迷子になったり、怪我するかもしれない。俺のお姫様に何かあったら、俺が悲しい」

鈍器で頭を殴られたような衝撃だった。

言われたミーアは愛らしい顔ではにかんでいるが、結は驚愕《きょうがく》から立ち直れない。

（お、俺のお姫様って……すごいなイル、そういうこと言っちゃう人だったんだ……）

イルのことをそれほど知っているわけではないが、昨夜のやり取りの中で結が受けた印象からは「俺のお姫様」などと言うタイプには見えなかった。

呆然《ぼうぜん》と二人の姿を眺めていた結に、イルはややばつの悪そうな顔で言った。

「……夕食。行くよ」

隠しきれない照れくささが見て取れて、結はにやつきを抑えられないまま頷《うなず》く。

イルはミーアと手を繋《つな》ぎ、結はそれを一歩後ろから見守るように続いた。秘密を打ち明けようとするようにミーアが口元に手をかざして伸びあがり、イルは上体を傾けて彼女に耳を近付ける。いつもそうしているような、自然な仕草だった。

「さっきね、ユイに、ミーアがイルのお嫁さんになるの教えてあげたの」

思ったより大きめの声で報告する自称未来の嫁に、イルは困ったような顔で笑った。

「また言ってるの。ミーアが大きくなった頃には、俺おっさんになってるよ」

「おっさんー？」

「そう。ヒゲとか伸ばしてるかも。半端ない加齢臭で、すっごい腹出てるかもしれないし」

もっと綺麗《きれい》なおっさんになってほしい、と結は心の中で突っ込んでおいた。ミーアは一瞬ぽかんとして、悩むように小さな唇を突き出す。

「うーん……おひげはやだけど……ミーア、イル好きだよ？」

ぱあっとイルの周囲に花が咲いた気がする。

「そっか。でも、ミーアには、俺よりずっといい人が現れる」

「イルがいい。イルは、ミーアの王子様でしょ?」

「うん。ミーアだけの王子様だよ」

そんな台詞を平然と吐いて、イルはまた愛情のこもる眼差しでミーアを見下ろしていた。

(イル……それだよ。ミーアがイルに夢中なのは、イルのせいだよ……ちゃんと責任取って結婚してあげなよ……)

ミーアくらいの年の頃に、イルほどの美形に「君だけの王子様」なんて言われようものなら、まず間違いなく将来に影響を及ぼす。理想が高くなり過ぎてしまう。とんでもない美形で、なおかつ「君だけの王子様」なんて言ってくれる男を探すのがどれだけ大変か。

結は目の前で繰り広げられた盛大な愛の誓いに嘆息した。

しばらくすると、廊下の先から足音が聞こえ、揺れるランプが接近してきた。

「もう、ミーア! イルの邪魔をしたらダメって言ったでしょう?」

駆けつけたのは、ミーアと目元のよく似た女性だった。心なしか、信徒の衣装の腹部がふっくらとしていて、もしかするとミーアに兄弟ができるのかも、と結の胸は温かくなる。

「巫女様、申し訳ございませんでした。娘がご迷惑をおかけして」

「いいえ、全然! とっても可愛いお嬢さんですね」

申し訳なさそうに会釈した母親がミーアの手を引き、ミーアはイルと結に手を振ってその場を去っていった。二人の背中を見送ってから、イルは何事もなかったかのように歩き出した。結もそれに合わせて歩きはじめるが、どうしてもにやつきが収まらない。

おそらく、イルは今の一連の出来事をなかったことにしたいのだろうが、さすがにこれはスルーできなかった。ちら、とイルを見遣ると、彼はむずがゆそうに口元を歪《ゆが》めていた。

「……なに」

「……『ミーアだけの王子様』って……」

「う、うるさい」

明らかな照れ隠しの不機嫌。

（やだ、ちょっとイルかわいい）

意外なイルの一面を知った今、昨日と同じように彼を見ることができない。近寄り難さや、冷たさはまったく感じられなくなり、やけにイルが可愛く見える。

「ミーアって、イルの親戚なの？」

「……遠縁の親族」

「そっか。遠縁だったら結婚できるね」

「おまえ……」

「ごめんごめん、怒らないで。ミーアが可愛くて、つい」

ふふ、と堪えきれずににやつく結を、イルは恨めしげに見下ろした。これ以上いじめては可哀想だ。いいものを見せてもらった。きっとあのやり取りはずっと結の心に残る。

可愛いミーア嬢の初恋は、とびきり美しい彼女だけの王子様。

温かい感情が胸に広がって、結はまた満足して息を吐いた。

「……今の、アルには言わないで」

「え？　今のって、ミーアのこと？」

「……そう」

兄弟に、自分が『君だけの王子様』なんて言ってしまう男だと知られるのは恥ずかしいのかもしれない。結はイルの気持ちを汲《く》むつもりで「わかったよ」と頷いた。

小さく礼を口にしたイルは、どこか暗い表情をしていた。

借りを作ったと思っているのだろうか。ミーアとのことを吹聴してまわる気はないし、黙っていることも貸しとは思わない。イルの暗い顔を、せめていつもの無表情に戻したい一心で、結はどのみち彼に頼もうと思っていた書庫の件を持ち出した。

「ねぇ、じゃあ、今のこと皆に言わないかわりに、書庫に連れて行ってくれない？　アストールマイアと隣の国について書かれた本があるってルークに聞いたから、読んでみたいんだけど。だめかな？」

「あぁ、『マイアとゾルデ』ね。いいよ」

あっさりと承諾したイルは、「でも、夕食のあとでいい？」と付け加える。

そんなに早く案内してもらえるとは想定外で、驚きつつも大きく首を縦に振る。

「うん、お願いします！　あ、だけど、イルはいいの？　疲れてない？　仕事は大丈夫？」

部屋に戻ったあと眠る以外の予定がない結と違って、イルには神殿の管理者の仕事があるはずだ。その業務に差し障りはないのか、業務に影響がないとしても、貴重な彼の休息の時間を奪ってしまうのでは、と結は当然の配慮として訊《たず》ねたのだが、イルは何故か笑いを噛《か》み殺すように唇を歪めていた。結を見下ろす瞳にも、からかうような光が宿っている。

「おまえ、脅したり気遣ったり忙しいね」

脅すとは失礼な。

今の交換条件だって気を遣ったんだから、と言ってやりたいのに、ようやくイルが普通に接してくれることが嬉《うれ》しくて、結はもごもごと口ごもった。

しどろもどろの結に呆れたように少し笑って、イルは再び前を向いて口を閉ざした。だが、漂う無言はこれまでのものとはまったく違って、張り詰めた緊張感はもうなかった。

書庫は、ひんやりとした空気が漂っていた。

紙とインクの匂いが充満するそこは、結に与えられた部屋より少し狭い。部屋の中央には大きなテーブルが置かれ、それを挟む対になる壁二面に棚が作りつけられている。片方の棚には結が本として認識できる背表紙が並び、もう片方には雑然と巻物が詰め込まれている。独特の雰囲気だった。

古くからの歴史を刻んでいるであろう巻物たちがひっそりと眠っているここは、書庫というより、貴重な古文書を収納している資料室のようだ。

埃《ほこり》っぽい空気を入れ替えるためドアを開けたままにして、室内にいくつか置かれたランプにイルが火を入れる。書庫内が一気に明るくなった。

「ねぇ、あの巻物は何？」

「神殿の記録と、これまでの巫女の記録。おまえが探してるのはあっち」

イルは背表紙の並ぶ棚を指した。歴代巫女の記録に興味が湧いたが、彼には説明する気がないらしい。面倒なのかな、と結は素直に彼が示した本棚に向かった。

背表紙の文字を読めることに安堵《あんど》した結の眉間に、すぐに深い縦皺《たてじわ》が刻まれる。

全七巻。

アストールマイアが隣国フェルドブルグから呪いを掛けられるに至った経緯を描いた『マイアとゾルデ』は、全七巻だった。そのうえ、一冊一冊が辞書かと疑いたくなるほどの分厚さで、とても暇つぶしに軽く読める代物ではないように見える。

この本を紹介したルークが、含みのある笑みを浮かべていたことを思い出す。彼は知っていたのだ。全七巻。そう簡単に読破できる分量ではないことを。

（ルークのあの笑顔はこれだったんだ……言ってよ！）

だが、今更読まないという選択肢はない。とりあえず一巻を手に取ると、ずっしりと重みを感じた。イルからは貸出可能と聞いたが、これを一気に七冊借りていくのは無理だ。

「まずは、一冊だけ借りて行こうかな……」

結が一巻を抱きかかえると、隣から手を伸ばしたイルが二巻を棚から引き抜いた。持ってくれるのか、とわずかな期待が過った瞬間、問答無用でその二巻は結に押し付けられた。

(ですよねー……)

苦笑しながら、結は重い本二冊を抱えなおす。

「これは、二巻まで持って行けってこと?」

「そう。そのほうがキリがいい」

「イルもこの本読んだことあるの?」

「だいたいの国民は読んでる」

自国が呪われた経緯が記されているなら、読むのは当然なのかもしれない。

「じゃあ、巫女の記録も皆読むの?」

「それは閲覧制限がある。誰でも読んでいいわけじゃない」

「イルは? 読んだの?」

「……読んだ」

短く答えて、イルは室内の明かりを消して回りはじめた。

少しずつ、彼のことがわかってきた気がする。短い返事は、それ以上その話題について話したくないとき。話していい内容や説明しておくべき事柄なら、彼は自分から教えてくれる。

(内容は聞くなってことだな)

結は分厚い本二冊の重量に耐えながら、開けっ放しのドアの前でイルを待った。

するとと、廊下の向こうから明かりが近付いて来る。やって来たのはアルだった。

「こんばんは、ユイ」

同じように「こんばんは」とアルに挨拶を返すと、ちょうど書庫内の火を消したイルが出てきて、結は二人に挟まれることになった。二人はお互い戸惑ったように「お、おぉ」というおよそ挨拶とは呼べない声を発している。

(男兄弟だなぁ)

結は、微笑ましい気持ちで二人を見守っていた。どちらが先に口を開くのかと待っていると、先に絞り出すように言ったのはイルだった。

「……巫女が、『マイアとゾルデ』を読みたいって言うから」

「そうか。じゃあ——」

結に微笑みかけて、アルが踵《きびす》を返して立ち去ろうとする。その動きを遮るように、イルが「あー」と声をあげた。

「……そういえば、俺、ちょっと用を思い出した。だから、アルが部屋まで送ってやって。じゃあ、そういうことで」

「えっ、ちょ、イル!?」

びっくりするほど適当で下手な嘘《うそ》をついたイルは、するりと結の脇をすり抜けて行った。結の呼び掛けは空しく暗い廊下に反響しただけで、彼は振り返ることなく、手の届かない距離まで遠ざかって行ってしまう。

(えぇー……何なの……)

置いて行かれた。あからさまな嘘までついて。

少しは仲良くなれたと思ったのは、気のせいだったのだろうか。

距離が縮まったなんて勘違いを強制的に正されたようで、チクリと胸が痛んだ。

イルの後ろ姿が見えなくなると、結はこれがどういう状況か飲み込めないままにアルに向き直った。アルは、厳しい表情でイルが消えて行った廊下の先を見据えていた。

（そんな顔もするんだ）

常に優しい笑顔を絶やさないイメージがあるだけに、アルの凛《りん》とした表情は新鮮であると同時に、少し怖くもある。しかし、アルの視線が結に向けられたときには、彼の口元にはいつもと同じ、優しい笑みが浮かんでいた。

「部屋まで送るよ」

「でも、アルだって忙しいんじゃ……」

「僕は君に会いたくて神殿に来たんだよ。だから、僕に送らせてくれないかな。その本も貸して。僕が持つよ」

「えっ、いえ、送ってくれるだけで――」

「一緒にいる女性に重い荷物を持たせるなんて、僕が恥ずかしい」

そんなふうに言われては断れるはずもない。アルは本を引き受けて、結の歩幅に合わせてゆっくりと歩き出した。女性扱いしてくれるのは嬉しいが、慣れないせいか、いたたまれなさや気恥ずかしさのほうが勝っている。

廊下に響く靴音は、イルと歩くときよりもゆったりしていた。

「ここでの生活は、慣れそう？」

「はい。すごく良くしてもらってますよ。って言っても、私が関わる人って、信徒の皆さんと、メリダとイルくらいですけど」

「選出までは、巫女を外部と関わらせないようにするのが慣例なんだ。巫女に何かあったら、取り返しがつかないから。窮屈に感じるかもしれないけど――」

「ううん、大丈夫です。気分転換がしたくなったら、イルにお願いして散歩させてもらいます。ほら、昨日、アルが連れ出してくれたみたいに」

イルは嫌がるかもしれないけど、と付け加えて隣のアルを見ると、彼の顔に浮かんでいた笑みが、ほんの一瞬陰った気がした。だが、その陰りは結が瞬きをした後には消え去っていて、アルはいつものように甘く優しい微笑みを浮かべていた。

「明日は、ゆっくり読書をして体を休めて。七巻まで、先は長いよ」

「本当ですね。だけど、ずっと読書っていうのも何だかちょっと申し訳ないな――」

昨日も今日も、結の生活の中心は仕事でも家事でもなく、セックスだ。メリダに言わせれば『神事』だが、どうにも自堕落な生活に思えてしまう。何か一つでも、誰かの役に立っているという実感が日々の中にほしい。

「私も、何か手伝えませんか？　掃除とか、洗濯とか。できることは少ないだろうけど、何もしてないのに衣食住を確保させてもらってるのは、やっぱり後ろめたくって」

「そんなふうに思う必要はないよ。勿論《もちろん》、君の気持ちは尊重する。そういう素朴で優しいところは、君の美点の一つだと思う。でも、誰にでもできることより、君にしかできないことがある以上、その務めを果たすことが皆にとって一番の労いになるはずだよ」

アルの言葉には重い説得力があった。王子として、彼は務めを果たそうとしている。

考え方も、価値観も、アルは結とまるで違う。目先の日常を追うのがやっとの自分とは見ている景色が違うのだ。年下のはずのアルを大きく感じた。

「……アル、できるだけ早く、次の王様を決められるように努力しますね」

「ありがとう、ユイ」

心からの感謝がこもる彼の眼差しに応えたい。結は、決意も新たに廊下を進んだ。

その昔、獣人は一つの国土を東西に分かち合いながら平和に暮らしていた。

獣の耳を持つ獣人に、マイアという女性がいた。

彼女は大層美しく、優しい心と大らかな人柄で人々から愛されていた。

時を同じくして、尻尾を持つ獣人に、ゾルデという女性がいた。

彼女はマイアほどの絶対的な美貌はなかったが、明晰《めいせき》な頭脳を持ち、またひたむきな努力家でもあった。

西のマイアと東のゾルデ。二人の女性の噂《うわさ》は、ときの国王の耳にも入った。

国王は二人を王都に呼び寄せ、どちらかを次代の王の妃にすると宣言した。

それが悲劇のはじまりだった。

王子ジギエスは、美しく朗らかで、身分の隔たりなく自分に接してくれるマイアに惹《ひ》かれたが、マイアは王国の騎士ラティスに心奪われていた。しかし、ラティスは奔放で自由に振舞うマイアではなく、堅実で知的なゾルデに熱い思いを寄せていたのだ。

だが、ゾルデは恋に身を任せられるほど情熱的な女性ではなかった。彼女はどこまでも冷静で、「国をより良くする」という崇高な信念を持って生きていた。

マイアにはゾルデはひどく意地悪に映り、ゾルデは少女のようなマイアに呆れていた。

正反対の二人は、些細《ささい》な行き違いを繰り返す。

付き合いきれないとゾルデは、王子ジギエスにこう進言する。

「マイアを愛しておいでなら、彼女を妃になさいませ。マイアが妃となっても、わたくしは、陰から貴方を生涯支えると誓います」

この一言で、ジギエスはゾルデが自分に気があると思い込み、彼女を手籠めにしてしまう。

なんと、ここで一巻が終わる。こんなところで終わられて納得できるわけがない。

結は「ああもう、ジギエス最低」と罵りながら二巻に手を伸ばした。

すっかり日が暮れていることに気付いた結は、室内のランプに火を入れた。今日一日を読書に費やしてしまった罪悪感が、ちくりと胸を刺す。元の世界にいたときには考えられない贅沢《ぜいたく》な時間の使い方をしている。

結はソファーの上に投げ出していた足を曲げ、二巻の表紙を開いた。

物語は、乱暴に純潔を散らされたゾルデの嗚咽《おえつ》からはじまる。

夢中で文字を辿《たど》っていた結の意識を現実に引き戻すように、控えめなノックの音が響いた。誰だろう。結が返事をして、本を開いたままテーブルの上に置く頃には、控えめなコンコンは乱暴なバンバンに豹変《ひょうへん》していた。

間違いなくイルだ。昨日のあれきり接点がなかったので、自分が何かしでかしたのか、もしかしてミーアのことをからかい過ぎたのかと、ずっと気になっていた。ノックの音からしてご機嫌ではないようだが、避けられ続けるより接点があったほうがずっといい。

「待たせてごめんね！」

勢いよくドアを開けた結を、イルは黙って見下ろし、ランプの点る室内に視線を移した。

「読んでたんだ？」

「うん。今二巻読んでるところ」

「二巻のどの辺？」

「本当に二巻の最初のところ。夕食でしょ？　行く？」

ランプの火だけ消さないと、と言いかけた結の脇を、イルがすうっとすり抜けて断りもなしに室内に入る。見られて困るようなものはないが、部屋にイルが入ったことに何故か結はどきりとしてしまう。

イルは、本の文字を辿るように指先で触れて、ページを何枚か捲《めく》った。

「待ってるから、区切りいいところまで読めば？」

「えっ……いいの？」

「良くなかったら言わないから。今日ちょっと色々あって、夕食の準備が遅れてる。だから、ゆっくり行くくらいでちょうどいい」

「そうなんだ。じゃあ、読もうかな……」

でも、イルはどうするの？

結が尋ねる前に、彼はソファーの端に座り、テーブルに置かれていた『マイアとゾルデ』の一巻を手に取りぱらぱらと捲った。どうやらここで読書をするつもりらしい。

（巫女のフェロモン、イルは大丈夫なのかな……）

レイファスもルークも、匂いがすると言っていたが、イルには効果があるようには見えない。もしかすると、個人差があるのだろうか。やや距離を取ってソファーに座った結がちらとイルを見遣ると、彼は何ともないような顔で「なに？」と言った。

「……巫女の刻印の匂いって、効果に個人差があるの？」

「ないよ」

自信ありげな返答だったが、それならなおのことイルの態度は解せない。

しかし、イル本人に「じゃあイルにも刻印の効果はあるんだよね？」と尋ねられるだろうか。窒息するほど気まずい空気になる想像しかできなかった。結は「そうなんだ」と相《あい》槌《づち》を打って話を終わらせた。すると、何かに思い至ったようにイルが「あぁ」と頷く。

「他の四人には巫女の刻印の効果はあるけど、俺には効果ない」

「えっ、ないの？」

「ない。だから、別に警戒しなくていい」

「へ、へぇ……そうなんだ」

そう応じて、結は膝の上に本を置いた。しかし、読書に集中などできようはずもない。

イルには、巫女のフェロモン効果がない。

つまり、彼は、自力でベッドに誘い込まなければならない？

（この草食系っぽいイルと？　ハードル高すぎない……？　一番効いてほしいところに効果ないとか……）

結は細く長く息を吐き出して、心を落ち着かせる。

イルに刻印の効果がないことは一大事だが、裏を返せば、彼が言うように警戒しなくていいということにも繋がる。むしろ、いいことかもしれない。脳裏に蘇《よみがえ》った、繁殖する気満々のルークの下腹部を掻《か》き消しながら、結は自分に言い聞かせる。

（そうだよ。毎日あの状態の人が側にいるより安全だし、イルは毎日巫女に付き添うんだし、付き添いの度にあんなことになってたら大変だし。ちょうどいいよ）

だが、どうしてイルにだけ効果がないのか。何か理由があるのだろうか。

尋ねようかと思ったが、盗み見たイルの端整な横顔はじっと本に向けられていて、不思議な色の瞳が結を映すことはない。

（今度でいいか……）

昨日、嘘をついてまで置き去りにされたことが引っかかっているからか、彼との心の距離感が摑《つか》めず、それ以上の疑問はひとまず置いて結は本の続きを追った。

冒頭から続くゾルデの苦悩は、彼女の覚悟と矜持《きょうじ》により一区切りつけられる。ゾルデは結局、王子ジギエスの狼藉《ろうぜき》を誰にも打ち明けることなく彼を支えると決断を下した。

結としては、相手が王子であろうがジギエスを糾弾するべきだと思うが、ゾルデの国を思っての決断も理解できるだけに悩ましい。

数ページ進んだところで、結は鼻息も荒く本をテーブルに置いた。続きは気になるが、読書を中断するならここだ。イルがちらと顔を上げる。

「読めた？」

「うん。待ってくれてありがとう」

イルの唇がやわらかな弧を描く。その笑みには、わずかな親密さがあるように思えた。だが、それなら何故昨夜は嘘をついてまで自分を置いて行ったのか。巫女のフェロモン効果がないことよりも、結にはそちらのほうが気になった。

昨日、書庫に行くまでと、今日のイルの態度は、初日よりずっとやわらかい。だが、昨夜結を置いて行った彼には、結に対する拒絶に近い反応があった。自分が何かしてしまったなら気を付けたい。そうでないなら、彼との距離感を摑むためにも、嘘の理由を知りたい。このままでは、結は彼にどう接していいかわからない。

息を吐き出しながら、結はできるだけ穏やかに響くよう、やや背を丸めて彼を見上げた。

「イル、昨日はどうして嘘ついたの？　本当に用事を思い出しただけ？　私、何かした？」

「……違う、あれは、アルが来たから」

「アルが来たって、どういうこと？」

イルの表情が困惑に染まる。彼は言葉を選ぶように、視線を彷徨《さまよ》わせながらぽつりと言った。

「……アルは、おまえのこと気に入ってるし、俺はアルに王になってほしいから、二人が一緒にいられる時間が、もっと要ると思って」

つまり、彼は巫女を兄弟に譲ったつもりだったのか。

思い返せば、あのときのイルはアルのことばかり見ていた気もする。

アルは確かに、時々結に対して甘い態度を取る。おそらくそれは刻印の効果によるものだと結は思っているが、その好意を察したイルは、アルに気を回したのだろう。

イルの優先順位が巫女よりアルが上だっただけで、他意はなかったのだ。嫌われていたわけではないとようやく実感できて、一気に肩から力が抜けた。

「なんだぁ……私、イルに嫌われてるのかと思ったよ」

「俺が？　おまえを？」

無自覚だったという顔をしたイルに、思わず苦笑が漏れる。

「……別に、そういうつもりじゃなかった。おまえ人間だし……それに、想像してた巫女と違って、ちょっと、どう接したらいいかわからなかったけど、今は平気」

想像と違ったとはどういう意味だ、と思ったものの、彼の表情を見れば悪い意味ではない気がして、結はそれについて問いただすのをやめた。

種族が違ううえに、異世界から来たとなれば、戸惑うのも当然だろう。

イルはイルなりに距離感を探っていて、そもそもそんなに陽気な性質ではないというだけで、結一人が空回りしていたわけだ。

王子として国のために尽くそうとするアルが、無気力なイルを引っ張っているのではなく、不器用なイルが真っ直ぐなアルを後押ししているのかもしれない。その構図は、これまで見えていた二人の関係性よりも結の中でぴたりと嵌《は》まった。

「そっか、イルは、アルを応援してるんだね。でも、なんかわかる気がする」

「……本当？」

イルの目に、期待の色が浮かんでいた。

「うん。アルなら、国王になっても国のことちゃんと考えてくれそうだし、熱意があるのも伝わってくるから、こっちも応援したくなるよね」

結の答えに、イルは一瞬目を伏せて嬉しそうに口元を綻ばせた。あからさまな安堵が見て取れて、その表情は結の気持ちをふわふわと浮き立たせた。

(イルって、本当は優しいんだな。ちょっと不器用で、ノックがチンピラっぽいだけで)

ふと、イルと視線がぶつかって、結は自分が彼に見入っていたことに気付いた。急に照れくささを感じ、それを隠して茶化すように笑顔を張り付けて明るい声を振り絞る。

「なんか安心した！　けど、ノックはもっと優しくしてね。ちゃんと聞こえてるし、私も早く出れるように急ぐから」

「……わかった。気を付ける。でも、おまえも気を付けたほうがいい」

「何が？」

背を丸めたまま首を傾げた結に、イルは長い指でとんとんと自分の胸をつついた。

「下着見えてる」

「えっ⁉」

はっとして自身の胸元を見下ろすと、開いた襟ぐりから水色のブラがちらりと見えてしまっていた。体に火がついたように熱くなる。慌てて胸元を押さえた結に、イルは「間抜け」と笑って立ち上がる。

「俺は外で待ってるから、着替えたら出てきて。そろそろ夕食」

こくこくと頷くだけで精一杯の結を置いて、イルは静かに部屋から出て行った。

一人になってから、結は両手で顔を覆う。恥ずかしさで塵《ちり》になってしまいそうだった。とんだ逆セクハラだ。巨乳ならまだしも、寄せても上げても谷間のできない小さな胸を見せつけてしまうなど。イルが何でもない対応をしてくれて助かった。

隙のない服に着替えた結が気まずさを抱えながら廊下に出ると、イルは服については触れず、いつものように「行くよ」と言って歩きだした。
せっかく縮まった距離が開いてしまわなかったことに、結はそっと胸を撫で下ろした。

（焦った……）

出迎えた結の襟から覗く水色の布が何なのか、はじめはまったくわからなかった。それが下着だと気が付いたのは、彼女が昨日のことを尋ねたあたりだ。

昨日のことなど、死ぬほどどうでもいいと思った。それより何故下着が見えていて平気なのかと疑問で仕方なかった。アストールマイアでは、人の下着が見えるなんてことは絶対にないだけに、イルは動揺した。だが、彼女の世界ではそれが普通なのかもしれない。話に集中できず、かなり返事もたどたどしかっただろうが、幸い彼女はそれに気付いた様子もない。下着が見えていると指摘したときの反応から、下着を見せるのが普通、というわけでもなさそうで安心である。

（初日から判定するなんて、どんな危ない人かと思ったけど……）

歴代の巫女たちは、決まって獣人との行為に難色を示した。繁殖力の判定を拒絶して、ふさいだ巫女もいたと記録には残されている。そうでなくとも、初日は異世界にやって来た動揺で、王の選出の話までたどり着いた例はない。

巫女が「元の世界に帰りたい」「獣人とそんな行為はできない」と泣いて役目を拒んだ

とき、巫女を宥《なだ》めるのが神殿の管理者としてのイルの役目だったが、正直、そんな役目は絶対に自分には務まらないと思っていた。しかし、これは避けて通れない宿命でもあった。

ずっと、巫女が現れるのが憂鬱で仕方なかった。

（でも、来てくれたのがこの人でよかった……）

降臨した巫女――結が、明るく前向きな人であったことに、イルは救われた気持ちだった。

二日間で二人も判定してしまう思い切りの良さは、多少問題だと思うけれども。

イルが黙って歩いていると、結の視線を感じた。

「なに？」

「メリダに聞いたんだけど、イルはマイアの息吹が感じ取れて、だから私がこの世界に来たことに真っ先に気付いたって。本当？」

女王が他界してから、三回目の満月までに巫女は現れると伝わっている。結が現れるまで、イルは『マイアの息吹』など実感したことはなかったが、巫女が現れたのは、はっきり感じた。ちょうど、女王が亡くなってから三回目の満月の夜。国民にとっては待望の巫女。自分にとっては使命のはじまり。マイアの棺を覗き込み、酒臭い女を発見したとき、イルは「この人にアルは任せられないかもしれない……」と残念な気持ちでいっぱいになった。今は、第一印象で人を判断してはいけないと痛感している。

そこまで考えてから、イルは説明するのが面倒だな、と思った。

「ねぇ、今、説明するの面倒くさいなって思ったでしょ？」

「……別に、そんなこと思ってないけど」

どうしてバレたのだろう。再び動揺を隠そうと必死になっていると、イルの耳に廊下を駆けてくる靴音が届いた。慌ただしく迫ってくる足音はアルの腹心の部下であるミゲルのものだ。王宮にいるはずの彼が神殿にやって来るということは――

ただならぬ事態を悟り、イルは足を止めて隣の結の腕を摑んだ。立ち止まった彼女もミゲルの持つ明かりに気付いたようで、じっと前方を見つめている。

ミゲルは、二人の姿を捉えるなり走りながら声を張り上げた。

「砦《とりで》から、緊急の迎えが来ております！　隣国からの侵入者と、国境沿いで交戦中だと――」

第六章　将軍はまさに××

アストールマイアの軍事の要『狼の砦《おおかみ とりで》』は、隣国フェルドブルグの森林沿いに聳《そび》えている。堅牢《けんろう》な石造りの建物のそこは、暮らす獣人たちもその名の通り狼族だという。

黒や灰色の耳を持つ狼の獣人たちは皆、鍛え上げられた体に鎧《よろい》を纏《まと》い、武装していた。

建物自体も生活環境より砦としての機能や耐久性を重視しているため、有事の際には、女王や巫女《みこ》はこの砦に避難するのだとイルは説明した。

侵入者の知らせのあと、結はすぐに迎えの馬車に押し込まれ、イルと共にこの砦にやって来た。帯剣した武装集団の放つ剣呑《けんのん》な雰囲気は結を竦《すく》ませたが、一人ではなく隣にイルがいてくれることが心強かった。

結たちは、砦の中心部に位置する居住空間の一室に通された。

そこは、来客に備えて広間として準備されているらしくソファーやテーブルが置かれていたが、壁は暗い色合いの石が剝き出しで、どこかちぐはぐな印象だ。ソファーに座った結は、神殿とはまるで違う雰囲気に、落ち着きなく室内に視線を走らせていた。

隣のイルが、潜めた声で言う。

「大丈夫。ここは安全だから」

「神殿の皆も、大丈夫だよね？」

「向こうにも警備が配置されてるし、王宮にはアルとレイファスがいる。信徒は二人が守ってくれるから、心配しなくていい」

あの二人なら的確に状況を読んで信徒たちを守ってくれるはずだと、結は安堵《あんど》を覚える。

「わかった。大丈夫なんだね……」

「大丈夫。ウィンザーが来るまで待ってて」

聞いた名だ。記憶を辿《たど》るとレイファスの声が蘇《よみがえ》り、ウィンザーも候補者の一人だったと思い出す。確か、将軍だ。隣国からの侵入者という響きの緊張感に、別の緊張まで混ざってきて、結は胃が痛くなりそうだった。

ドアの向こうに響く靴音に先に気付いたのはイルだった。立ち上がった彼に続いて結も腰をあげると、勢いよくドアが開いた。

部屋に入って来たのは、見上げるような長身の男だった。彼がウィンザーだろう。

彼は、短い黒髪と同じ色のぴんと立った狼の耳を持ち、砦の獣人たちとは違って鎧を纏っていなかった。鍛え抜かれた体には厚みがあり、精悍《せいかん》な顔は引き締まっている。

鋭い金色の瞳が、結を捉えた。

腰に佩《は》いた剣より、ウィンザー自身のほうがずっと危険だと思えるほどの眼光に結は身を小さくする。はっ、とウィンザーが獰猛《どうもう》に笑った。

「こいつが巫女ってわけか。とんでもねぇ匂いだな」

「それで、侵入者は排除できたの？」

「おまえ、誰に向かって言ってんだ？」

お世辞にも仲良しとは言い難い雰囲気に、結の視線は二人を行き来する。

「おまえの兄貴に伝えとけ。狼族は勇敢に戦って、隣国の侵入者を追い返したってな」

「わかった」

侵入者は砦の獣人たちによって侵入を阻まれた。危機は去った、ということだろう。

ほっと胸を撫《な》で下ろす。

正直、侵入者という不穏な言葉はまだ結に不安を与えているが、ウィンザーの自信に満ちた態度はアストールマイアの安全を保証しているようで頼もしい。

「神殿に戻るよ」

イルに促され、頷《うなず》きかけた結の腕が岩のようなウィンザーの手に摑《つか》まれた。

「おまえは一人で帰れ。こいつはここに置いて行け」

「巫女の管理は、神殿を預かる俺の仕事」

「そりゃそうだろうな、マイアの血脈」

にやりと笑ったウィンザーに、イルがぐっと言葉を詰まらせた。

「おまえの兄貴は、とんだ性悪だ。まだわからねぇのか、さらし者にされてるってことが」

「……おまえは、何もわかってない」

「わかってねぇのはてめぇだ馬鹿野郎。そういうところが、ガキくせぇっつってんだよ」

話が見えない。『マイアの血脈』とは、何のことだろう。

二人の間を行ったり来たりしていた結の目は、イルの瞳が暗く染まっていく様を捉えて止まった。ウィンザーの口調は決して強いものではなかったが、今、彼はイルを傷付けるようなことを言ったのだ。

「まぁいい。こいつには、残ってこいつの仕事をしてもらう。俺はこの砦をそうそう空けられねぇし、次にこいつと会えるのがいつになるかはわからねぇ。選出が遅くなって困るのはおまえらのほうじゃないのか？」

ぐい、と結の体がウィンザーに引き寄せられる。顔面から厚い胸板にぶつかり、逞《たくま》しい腕の中に閉じ込められた。彼らが何を話していたのかは謎のままだが、今の話は理解できる。

結はいずれウィンザーとセックスする必要があるわけで、彼は仕事の都合上この砦を離れて神殿に向かうのが難しいと言う。そして、どうやら今なら女を抱く時間くらいあるということらしい。先送りにしてもウィンザーとの行為は避けられない。今ここでするか、先々神殿でするかの違いだ。だったら、いつ神殿に来るかわからないウィンザーを待って王の選出を延ばし延ばしにするよりも、今ここで決着をつけたほうがいいはずだ。

それに、この二人をこれ以上同じ場所にいさせるのは良くない。

「イル、行って。国王を決めるの、早いほうがいいでしょ。私は大丈夫だから」

「そんなっ――」

ウィンザーの豪快な笑い声がイルの声を掻《か》き消した。

「肝の据わった女じゃねぇか、気に入った！　イル、おまえは帰れ。こいつを返してほしけりゃ、明日の朝に迎えに来い。間違っても夜中に戻ってくるなよ。今夜は一晩中、こいつを可愛がるので忙しいからな――おい、イルを外まで送ってやれ」

急激な浮遊感と驚くほどの安定感が同時に襲ってきて、結はイルに挨拶もできないまま広間から運び出された。

横抱きにされた結は、恐る恐るウィンザーを見上げる。太い首に、せり出した喉仏。高い鼻。がっしりした体。彼は、どこをとっても雄々しさに満ちている。

（ひ、一晩中って、例え話だよね……？）

本当にやりかねない雰囲気を感じ取って、結は不安に小さく震えた。


明かりの揺れる一室に連れ込まれた結の体は、乱暴にベッドの上に投げ出された。広さのあまりない、せいぜいセミダブルサイズのベッドだった。

「わっ！」

色気のない声をあげる結の上に、ウィンザーが馬乗りに跨《また》がる。獰猛な笑みを浮かべながらウィンザーが躊躇《ためら》いなく上着を脱ぎ捨てると、見事に鍛え上げられた肉体が晒《さら》されて、結は耐え切れずに叫んだ。

「ま、待って!!」

「あ?」

がたん、とウィンザーが腰にぶら下げていた剣を床に落とす。鋭い眼光はどこか機嫌が悪そうに見えるが、待ったをかけた結を無理やり黙らせてまで事に及ぼうとはしてこない。

(見た目ほど、怖い人じゃ、ないのかな……)

大柄なウィンザーの肉体は、本能的な部分で結に「怖い」と思わせる。

それに、心の準備がまだできていない。イルとウィンザーの会話は聞いていたが、直接彼と言葉を交わしたわけではない。出会いから最速のベッドイン。今後の人生でも、これ以上早い展開はないだろう。

「おい、なんなんだ?」

「も、もうするの……?」

「今更怖《お》じ気付いたか?」

「そういうわけじゃないけど……」

「だったら何だ? 恥ずかしいとか言わねぇよな?」

恥ずかしい。だが、恥ずかしいとは言えない雰囲気で、結はそろりと顔を背けた。

書斎と寝室を一緒にしたような部屋だった。書類に埋もれかけている机に、大きなソファー。背もたれには脱いだ衣類がかかっていて、部屋の隅には鎧と槍《やり》が立てかけてある。男の人の部屋だ。雑多で、せかせかしていて、隙間がない。

「わっ！」

室内に気を取られていた結の膝が折り曲げられ、下半身がぐいと持ち上げられた。

太い腕が結の両足を大きく開き、開脚した足の間にウィンザーが体を滑り込ませる。ワンピースの裾がめくれ上がり、ショーツが頼りなく揺れる明かりに晒される。

「やっ、ちょっと‼」

隠そうと伸ばした結の手は、ウィンザーにあっさり捕まってしまった。

「抵抗すんな。おまえがほしいだけだ」

少し掠《かす》れたウィンザーの声は、何故か優しく結の耳に届く。

一瞬、抵抗する気概が削がれた。その隙をウィンザーは見逃さなかった。

力技でワンピースが胴体から引き抜かれ、中途半端に腕に止まったそれは、まるで拘束具のように結の頭上で両腕の自由を奪った。腕を引き抜こうともがく結の手首を、がっしりとした岩のような手が固定する。力で敵うはずがない。

「ちょ、離して！　やだ！」

「やだじゃねぇ。一晩中可愛がってやるって言っただろうが」

「そ、ちょ、やっあっ‼」

水色のブラが乱暴に引き下げられ、露になった乳房にウィンザーが貪りついた――が、
彼は何故か、不思議そうに目を瞬いて胸から離れた。

彼は、手首を拘束する手とは反対の手で、結の胸をそっと包んでまじまじと見つめる。そこまでの至近距離で胸を凝視された経験などない。恥ずかしさに顔が熱くなり、そんなに見ないでと懇願しかけた結に、ウィンザーがぽつりと言った。

「……小さいな」

「なっ——、言わないでよ！　気にしてるんだから‼」

「こんな小さいの初めて見たぞ……ちゃんと感じんのか？」

デリカシーの欠片もない発言をしながら、ウィンザーの指先が結の慎ましい乳房の突起を摘んだ。ぴくんと体が反応してしまう。

「ははっ、感度はいいみたいだな」

「やっ、んっ！」

再び乳房は温かな口内へ含まれ、蠢《うごめ》く舌がぬるりと胸の先端を転がす。ちりちり刻印が痛みはじめて、急速に理性が遠のくのを感じた。躊躇いのない、少し乱暴なくらいの愛撫《あいぶ》に、体は火照り、秘処が疼《うず》く。

「淫乱。腰揺れちまってんぞ」

頭上で縫い留められた腕に重みがかかる。ショーツを避けて、ウィンザーの指が直に結に触れた。じっとりと潤った蜜道へ、彼の節くれだった指が沈み込んだ。

「あっ——！」

「これだけ濡《ぬ》れててもきつそうだな……」

太い指に搔《か》き乱され、更に蜜が溢《あふ》れ出す。

「あっやっ、そんな、激しっ……あぁっ！」

一気に体が熱くなり、結は頭上の手が解放されていたことにも気付かなかった。

大きな体軀《たいく》が結を覆う。顎を摑まれ、唇が押し当てられる。下唇を食まれながら中で暴れる指に、結は荒い息と高い声を交互に吐き出していた。

「そんなに感じてると、後がもたねぇぞ」

「んっ……はっ、あっあぁ……！」

もうそこまで悦楽の波が迫っていた。二本に増えた指が媚肉《びにく》を擦り、淫らな情欲が結の中で弾けそうなくらい膨らんでいた。

「もっと舌出せ」

「んっ……んんっ！」

そろそろと伸ばした舌をじゅっときつく吸われて結は喉の奥で喘《あえ》ぐ。

痛い。気持ちいい。どちらともつかない快感が身を焦がしていく。

乱暴なのが却ってよくて、もっとしてほしいと心が強請《ねだ》る。キスの合間に大きく息を吸い込むと、鈍感になった嗅覚が、ベッドからする彼の匂いを嗅ぎつけた。雄の匂いだ。爪先まで、電流のように震えが走る。

「あぁっ……!!」

結はがくがくと身を震わせながら果てた。絶頂の余韻に呑まれ、小さな胸を上下させながら荒い息を吐き出す結の下唇に、ウィンザーは歯をたてる。

「なんだ、もうイっちまったのか」

「はぁ、はぁ……」

答えられる余裕はない。

蜜道から指が抜け、ウィンザーが身を起こした。金属音と、衣擦れの音。脱力したままのろのろと視線を巡らせた先に、そそり立つ巨大な肉杭《にくくい》があった。

そんなの、入らない――

ウィンザーのそれは、この部屋に置かれている槍を思わせるほどの大きさで、それを飲み込めるなんてとても思えなかった。結は咄嗟《とっさ》に足を閉じようとした。

「おい、逃げるな」

「やっ、むりっ……！」

腰の引けた結の下半身を高く持ち上げて、彼はショーツを足から抜いてしまう。再び大きく開脚させられた結は、自身の愛液でぬらぬらといやらしく光るそこに彼自身をあてがわれて、泣きそうになりながら首を振った。

「やぁっ、だめ！　そんな大きいの入らない……！」

「入る。じっとしてろ。一気に挿れたりしねぇから」

蜜口に、かつてない圧迫を感じる。

情けない顔になりながらも、結はできるだけ力を抜こうと目を閉じた。

「ふ、ぅっ……」

「ちょっとずつだ……」

熱い楔《くさび》が入り込んでくる。みちみちと音がしそうなほどの異物感。痛みはないが、蜜路が限界まで広がっているのを感じた。力を込めれば結自身が張り裂けてしまいそうで、必死に息を吐き出す。

「はっ……ふぅ……」

「きっついな……」

劣情に震える彼の声に、子宮がきゅんと疼いた。蜜道は張り裂けるどころかきゅうきゅうとウィンザーを締めあげて、苦しげに呻《うめ》いたのは結ではなく彼のほうだった。

「くっそ……信じられねぇくらい、絡みついてきやがる……力抜け……」

「んっ、ごめっ……あっ……！」

ウィンザーが腰を引き、再び割り入ってくる。ゆっくり、何度も繰り返しながら、徐々に奥へと進む彼を導くように、体の奥から愛液が滲《にじ》み出す。

熱い息を吐き出したウィンザーが動きを止めた。

「痛ぇか？」

結が首を振ると、ウィンザーの喉がこくりと鳴った。

「全部挿れるぞ……」

まだ全部入ってなかったの、と浮かんだ問いは実際に押し進んでくる剛直が答えを証明していた。それは結の最奥に難なく届き、体内を抉《えぐ》られているような気さえする。

「こいつは、やべぇな……気抜いたらこっちが持って行かれちまいそうだ……」

「あぁっ！」

一気にぎりぎりまで引き抜かれた熱杭がすぐに結を貫いた。肌がぶつかり合い、その度に体が震える。

激しく揺さぶられ、結の髪が乱れていく。猛り狂ったように打ちつけられて息もつけないというのに、息苦しさや渇きは強烈な快感ですべて掻き消されていた。

ウィンザーが大きく開かせていた結の右足を抱え込むようにして動きはじめる。中で彼の楔がこれまでとは違う角度で媚肉を擦り、肌は粟立《あわだ》ち、膝まで痺《しび》れが走っていく。生理的な涙を流しながら、結はいやいやと首を振った。

「あぁっ、これ、だめっ……イっちゃう、からっ！」

「イきゃいいだろ」

「やっ、あっあぁ……！」

彼を止めようと伸ばした手を握りしめられて、太い指が結のそれに絡む。体だけではなく心も繋《つな》がったような気がして、結はそのまま大きく体を逸らして果てた。

「っ……おまえは、とびきりいい女だ……俺がそれを教えてやる……！」

「はぁ、あっだめぇっ！」

激しい律動にベッドが軋《きし》む。頭の中が真っ白になって、声が止まらない。繋いだウィン

ザーの手に結の指がきつく食い込んだ。また、中で彼のそこが質量を増した気がして、結は嬌声《きょうせい》をあげながら潤んだ目を開いた。

支配的な金色の瞳に捕まり、背筋がぞくりとする。

「あっ、あぁっ……！」

「っ……‼」

立て続けに達した結の中で、どくどくとウィンザーが熱を放った。

何の力も入らない。上がった息を整えようと目を閉じ、額に浮かんでいた汗を腕で拭う。そのまま脱力しきった結の体が、あっさりと横向きに倒され、引き起こされた。何が起きたかわからなかった。彼に背を向けたまま腿《もも》の上で座らされたような状態で、これが何という体位なのかも結にはわからない。

一つはっきりしているのは、結の中で、ウィンザーのそれは強度を失っていないということ。

「えっ、待って、むり……！」

「無理じゃねぇ。こんなんで収まりつくか」

抽送を助ける体液がどちらのものともつかない。背後から結の胸を掴む大きな手は時折先端を転がしながら、結の体が傾かないように支えて倒れることを許さない。

「あっあぁっ！」

「できてるじゃねぇか」

体力の限界を超えて、結は自分が喘いでいるのか、泣いているのか、それすらもよくわからなくなってくる。ぼんやりとしているのに鋭い快感は身の内を焼き、最奥をぐいぐいと押される度に気を失いそうな波が迫ってくる。これ以上は怖い。自分が自分でなくなってしまいそう。結の中で本能的な直感が警鐘を鳴らしているのに、体はウィンザーを求めてきゅうきゅうとひくつき、悶《もだ》えている。

「あぁっウィン、ザっ……だめぇ！　もっ、おかしく、なる、からあっ……!!」

耳を熱い息が撫でる。濡れた唇の感触と、掠れた声。

「なっちまえ」

「っ……!!」

体中がざわめき、目の前が真っ白になる。

がくんと体がウィンザーの腕の中に傾き、なすがままになった結の体を剛直が犯し続ける。声をあげる体力などどこにも残っていないのに、結は淫らに喉を鳴らしてしまう。今や、どこを触られても愉悦に震えるほど体は敏感になっていた。

「そうだ、もっと感じろ……体で俺を覚えろ」

「んっあっ……あぁ！」

「一晩中、可愛がってやる！」

有言実行。

その言葉を体現するかのように、ウィンザーは再び結を組み敷いた。

満腹。

もう食べられない、これ以上は本当にいらない。ちょうどいい量を超えてしまえば味などわからなくなるのは、食事もセックスも同じらしい。

もうできない。しばらくできない。

ぐったりと横たわる結の隣に、荒い息を吐いたウィンザーが倒れ込んだ。触れ合った肩はどちらともつかない汗でぬるついていて、部屋にも二人の体液と汗が混ざったにおいが充満している気がする。

「こんなにヤったのは、はじめてかもしれねぇな……」

もっと加減してくれてよかったんだよ、と思いながら、結は体の求めるままに目を閉じる。目を開けているのも億劫《おっくう》なほどセックスした。

繁殖力。

候補者全員と寝るまでもない。ダントツで、ウィンザーが優勝だ。

どう考えても、このウィンザーを残りの候補者のアルとイルが超えてくるとは思えない。きっとウィンザーなら、王になった暁には大勢の女を同時多発的に妊娠させてアストールマイアを繁栄に導くだろう。問題は、この荒々しさが外交面で影響を及ぼさないかという点だが、そこはアルとレイファスあたりでなんとかカバーすればいい。

すべて解決。万々歳だ。

(ダメだ……疲れ果てて投げやりになってる……)

いつの間にか、窓から見える空は白んでいた。

朝だ。イルは、いつ来てくれるだろう。

(でも、迎えに来てくれるはず……)

帰る支度をしなければ。肘をついて上半身を少し起こすと、とろりと欲望の残滓《ざんし》が溢れ出した。蜜道をなぞるような些細《ささい》な刺激に、結は震える息を吐く。

「……おい、おまえ、俺を殺す気か」

「えっ、ちょっと⁉」

結の腹部に、ウィンザーの筋肉質な腕が回されて後ろから引き寄せられる。

「煽《あお》ってきやがって……」

「煽ってない‼　もう無理ってウィンザーもさっき言ってたでしょ⁉」

ぴちゃ、と音をたてて耳にねじ入れられた舌の感触に、結はぞくりと震えた。体はとうに限界を超えて、これ以上は無理だと腰も悲鳴をあげているのに、素知らぬふりで刻印はちりちりと痛みはじめる。刻印が痛みだしてしまえば結の意思とは無関係に、体はただ貪欲に快楽を求めてしまう。

(どうしよう……！)

「はっ……これだけ濡れてりゃすぐ入りそうだな」

「あっだめ……ほんとにもっ……ダメだからっ！」

後方から熱い異物が結の秘処をなぞるように往復していく。

このままでは、また――

最後の理性を振り絞って、結が胸を弄るウィンザーの手を摑んだときだった。

乱暴にドアが叩《たた》かれた。まるで、高利貸しの取り立てのように。

（イルだ――!!）

来てくれた。驚くほどほっとしている自分がいる。

「うるせぇぞ!!」

結が竦み上がりそうな恫喝《どうかつ》に、動じることなくイルの声が返ってくる。

「巫女を回収に来た。開けないなら入る」

「やだ待って!!」

結が叫ぶ番だった。

こんな現場をイルに見せるわけにはいかない。お互いのトラウマになりかねない。

ウィンザーの腕をすり抜け、ベッドの上からずりずりと滑り降りた結に、彼は不服げに唇を歪《ゆが》ませる。

「おい、戻んのか」

「そう。戻るの。迎え来ちゃったし私も一人じゃ戻れないし――」

もっともらしい言い訳を並べながら、床に落ちた服とショーツを拾い上げる。

ブラがない。きっと乱れたシーツに紛れているか、ベッドの下に入り込んだのだろうが探しているうちにまた襲われてしまいそうで、結はそのまま服を着た。

「それに、ウィンザーだって仕事があるでしょ？　私はもう行かないと」

振り返ると、結をじっと見つめる金色の瞳はどこか寂しげに見えて、胸がぎゅっと締め付けられる。ベッドの中で、終始強気で強引だったウィンザーが一瞬見せた弱い部分。そんな顔をされては、自分がひどいことをしている気分になってしまう。

――でも、一時の感情でここに残って、もう一回戦？

（むりむり、絶対むり）

答えはすぐに出た。

「じゃあね、ウィンザー」

結はウィンザーに手を振って、彼の部屋から飛び出した。

廊下に出るなり、待ち受けていたイルに腕を摑まれた。結を引きずる勢いで歩きはじめたイルの言外の圧に屈して続くが、容赦ない歩みの速さに一晩中ウィンザーに可愛がられた足腰がついていかない。

「ま、待って、イル……！」

老婆のごとく腰を曲げて立ち止まる。

「ごめん、もっと、ゆっくり歩いて」

結の心からの叫びはイルにも届いたらしい。彼は何かに耐えるようにぐっと唇を引き結び、眉間に深い皺《しわ》を刻んでペースを落とした。

「ちゃんと説明しなかった俺のせいだけど、おまえが残るって言わなかったら、神殿の管理者の権限でおまえを連れて帰れた。神殿なら、もっと早くにあいつを追い返せたのに」

結が疲労困憊《ひろうこんぱい》している原因をイルは察しているようだが、気まずいことこの上ない。

「そうなんだ……でも、早く国王を選んだほうがいいでしょ？」

「……そうだけど、おまえ、頑張りすぎ。歴代巫女は、期間いっぱいまで使って判定した」

それなのに、おまえときたら三日で三人も、とイルが言葉にしなかった続きが聞こえた気がした。とんだ淫乱扱いに苦笑した結の耳に、ぽつりと穏やかな声が届く。

「俺たちが言えた義理じゃないけど、そんなに焦らなくていいから」

彼の険しい表情が、いらだちではなく心配によるものだったのだと気付くと、すうっと体から力が抜けた。メリダやアルに巫女の役割や呪いについて説かれるうちに、結は必要以上に焦ってしまっていたのかもしれない。こうして結自身を気遣ってくれる人がいることに、じわじわと胸の奥が温かくなっていく。

小さく「うん」と結が答えたあとには、イルは口を閉ざし、会話は途絶えた。馬車に乗り込んだ結は、体力の限界を迎えて神殿までの道中を眠って過ごした。

無防備に居眠りができたのは、隣にいたのが他の誰でもなくイルだったからだ。

巫女の刻印の効果がないことや、巫女に付き添う神殿の管理者の役割による関係性以外にも、二人の間に信頼関係ができはじめている気がした。

第七章　獣の血

早朝に狼《おおかみ》の砦《とりで》から戻った結は、丸一日ベッドの上で過ごした。ウィンザーとの激しすぎる一夜が思いがけず後をひいていたが、二十四時間も休息を取ればさすがに体も回復する。

小鳥の囀《さえず》りときらめく朝日に起こされた結は、清々しい気持ちで伸びをしていたところをメリダに襲撃された。まさに襲撃だった。ノックもなしにドアが開き、メリダが入ってきた。そして、結の実の母親のような顔で「その髪を梳《と》いてさしあげましょう」と、洗いざらしでくしゃくしゃになった結の髪をごりごり梳きはじめたのだ。ウィンザーにすら通じた「待った」も、メリダには通用しなかった。

「ユイ様、今朝はすっかりご体調がよろしいようで。お肌の艶もよろしゅうございますねぇ」

「ひぃっ！」

ぐいっとスエットの裾を捲《めく》りあげられて、結は飛び上がった。

「まぁ、何故お逃げになるのです」

「いや、突然服を捲られたら逃げるのが普通だと思うんですけど⁉」

反論した結に、メリダは聞き分けのない娘に諭すような顔で言った。

「ユイ様。ユイ様には、来たる『選出の夜』に備えて、身の回りのお世話をされることに慣れていただかねばなりません」

「選出の、何？」

「『選出の夜』にございます。巫女《みこ》様が、候補者の中から一人を選ぶ儀式を、選出の夜と呼ぶのでございます」

結の髪に、メリダは再び櫛《くし》を当てはじめた。

「選出の夜って、何をするの？」

「順を追って説明致しますと、まずユイ様の御心が候補者の一人に定められましたら、その方の名を誰にも告げずに、「決定した」と宣言していただきます。宣言されましたら、『マイアの涙』で沐浴《もくよく》を。わたくしども女官がユイ様のお身体をお清めしたのち、ユイ様にはこの神殿の『誓いの間』に入っていただきます」

結は、ぼんやりとその様子を思い描こうとする。しかし、序盤の「マイアの涙で沐浴」から想像力が追いつかない。禊《みそぎ》のようなものだろうか。結には獣人の神様を信仰する心は目覚めていないが、彼らの神を無下にするつもりはない。とにかく、体を洗われるわけだな、と心にとめた。

「誓いの間には、わたくしども女官は立ち入ることができませんが、神殿の管理者が控えております。ユイ様のご用意が整いましたら、候補者の中から選んだ殿方の名を、神殿の管理者に告げていただきます。神殿の管理者がその殿方を誓いの間に案内し、ユイ様はその夜、選んだ殿方と神事として契りを交わすのでございます」

今、不穏なことを聞いた。

誓いの間に、メリダたちは入れない。

代わりに控えているのはイルで、結は、彼に選んだ相手を伝えなければならない。

そして、イルが案内してきた候補者の一人と、結は神事として、セックスする？

「またするの!?」

「神事にございます」

「はぁ……神事ね……」

「選出の夜に備えて、お召し物もご用意しなければ。お色は何色に致しましょうか？　白をお選びになった巫女様が多いと記録には残っておりますが、ユイ様は白はお嫌いですか？」

何でもいいという投げやりな気分と、大事な夜ならせめて気分が上がるものにしてほしいという気持ちに決着はつきそうにない。

(服って言ってもなぁ。どうせ脱ぐし……)

王に選んだ相手と、もう一度寝ることになるとは。どうせ一度寝た相手といえばそうだが、どうにも自分の性を安売りされているような気になってくる。だが、乗り掛かった船だ。

（この国の人たちの命がかかってるんだもんね。仕方ない）

繁殖力を判定する候補者も、残すところ二人。アルとイル。

イルには、神殿の管理者として巫女に付き添う責務がある。毎日顔を合わせることを考えると、彼の繁殖力の判定はできれば最後にしてほしい。

「さぁ、ユイ様お召し替えを。本日は、動きやすいお召し物を選んでくださいませ。ユイ様には、厨房《ちゅうぼう》の仕事にご参加いただくようにとイル様から言付かっております」

「えっ、いいの⁉」

喜んで振り返った結に、メリダはこれ見よがしな溜息《ためいき》を吐いた。

「本日より四日間は議会の期間となりますので、アル様はご都合がつきません。ですから、判定の予定が組めない日だけの特別措置にございます。まったく、巫女様に雑務を押し付けるなど、あってはならぬことですのに――アル様まで同意なさっては、わたくしは、口を挟む立場にありません」

「アルも？　アルもいいって言ってくれたの？」

「判定のない日が続くのは、アル様ご自身の責任だと仰せだそうです」

暇を持て余した結のわがままだったのに、何だか、アルには悪いことをしてしまった。今度彼に会ったときには、きちんと感謝を伝えなければ。メリダは不承不承といった様子だったが、こうして、結は読書以外の過ごし方を手に入れた。

アストールマイアの家事レベルをなめていた。

電気がない。ガスがない。万能調味料も界面活性剤もない。スープ一つ作るにしても大仕事、シーツ一枚洗うのも重労働である。洗濯板を見て上がったテンションが持続したのは二秒程度だった。

三日前、メリダに厨房に案内された結は、信徒の女性陣の輪に入れたことを心から喜んだ。それを機に神殿の掃除や洗濯、夕食の下ごしらえの参加を許可してもらったわけだが、一日数時間だけ許された仕事ですら、結の体力をごっそりと削っていた。

（でも、一日中一人で読書してるより、ずっと充実してる）

それに、王を選んだあと。巫女の役目を果たした結は『何もできないただの人間』になる。信徒たちは優しく接してくれるが、いつまでも何もできないままでいたくない。『まだ何もできないものの、向上心だけはある人間』くらいには、なっていたい。

今日、夕食の準備に参加した結は、ほどよい疲労感と充足感、そして、自分が手伝って完成した夕食を平らげた満腹感を覚えながら、イルと部屋に向かっていた。

「ねぇ、イルも夕食食べた？　あの野菜、私がちぎったんだよ」

「あぁ、だから大きさバラバラだったんだ」

「えぇー……」

結が眉を下げると、イルは小さく笑った。初めの頃は、こんなふうに冗談を言って笑いあう日が来るなんて想像もしていなかった。いつか仲良くなれたらいいな、とは思っていたが、実際に談笑できるようになると、なんとも感慨深いものがある。

「明日は、お菓子の作り方を教えてもらう予定なんだ」

「へぇ――」

ふと、隣のイルが立ち止まった。彼は吸い寄せられるように窓辺に寄り、夜空を見上げた。

彼の表情に異変を感じて視線を追う。暗い空には、半月が浮かんでいた。その月は、妖しげに赤く色付き、いつもより明るく輝いて見える。

「どうかしたの？」

「……今夜、おまえの部屋に泊まるから」

「え？」

イルが何事もなかったかのように再び歩き出したので、結は慌てて彼に続く。

彼は「部屋に泊まる」と言った気がしたが、もしかしたら聞き違いかもしれない。

「ごめん、さっき何て言ったの？」

「今夜は赤の月が出てるから、俺がおまえの部屋で一晩過ごす」

イルが、今夜部屋に泊まる。

つまり、今夜、イルと――？

凍り付いたように足を止めた結に、イルはかつてないほど険しい顔になった。

「おまえ……違うから。赤の月が出る夜は、獣人の獣の性質が強くなる。赤の月は、だいたい満月から七日から十日目あたりに出て、その夜に、獣人は発情期に入る場合がある。だから、巫女を守るために、神殿の管理者が付き添うだけ。他の男が側にいたら、発情期に入った獣人は近付いてこないから。……それに、神殿の管理者は巫女と女王相手には発情期に入らないから安心して」

発情期という単語を連発したイルは、説明だけで疲弊していた。聞いていた結も気まずさを覚えたが、彼ほどの精神的ダメージはなかっただろう。

赤い月や発情期への疑問はあるが、今夜結が知っておくべきことは提示された。

今夜は獣人にとって特別な夜で、そして、今夜イルと結はセックスするわけではない。それさえはっきりすれば、あとは追々学んでいけばいい。

今あれこれ質問して彼を追い詰めるのは酷な気がして、結は努めて明るく「そういうことね！」と返事をした。彼はほっとしたように息を吐き、彼にもまだ巫女と一線を越える心の準備ができていないのだとわかると、結もそっと胸を撫《な》で下ろした。

（これって、むしろイルが発情期に入ってくれたほうが良かったんじゃないの……？）

ベッドの天蓋を見つめながら、結は真剣にそう思った。

ソファーを今夜の寝床に決めたイルは、持参した被り布団を装備してぴくりとも動く気配がない。彼の体はソファーの背もたれに隠れているが、肘掛けに乗せた頭と白い耳がぴょこんと覗《のぞ》いている。異性の部屋に一泊するというのに、まったく浮ついた様子のない彼に、結の不安は増すばかりだ。避けて通れない判定を、どうやって彼とこなせばいいのか。いっそ、今夜、彼が発情して「相手なんて誰でもいい気分だった」と済ませてくれたほうが互いに楽だったのではないかとさえ思えてくる。

（いや、断じてしたいわけではないんだけど……しないといけないって話で……）

取り留めもない考えと、誰にあてたものでもない言い訳を自分の中で並べているうちに、結は微睡《まどろ》んでいた。

——辛いの？　どうしたらいい？

頭の中で、懐かしい声が反響する。目を開けると、肖像画でしか見たことのない、まだあどけない母の姿があった。違う、これは夢だ。自分は、夢を見ている。夢の中の母が語りかけているのは、自分ではなく、父だ。気付いているのに、イルの意識は覚醒しない。水中に沈んでいくように、息がどんどん苦しくなる。

夢の中で、母の緑の双眸《そうぼう》が戸惑いに揺れていた。

——マイアの血は、きっと、薄れているのよ。だから、月の影響が出ているんだわ。

——大丈夫。わたし、できるわ。

──仕方がないことよ。だって、辛そうなあなたをこのままにしておけない……。

（やめろ……）

それは越えてはいけない一線だ。仕方がなかったなんて、誰も許してはくれない。

（頼むから、やめて……）

息ができない。自分の名を呼ぶ声が聞こえる。もがくように、イルは必死に手を伸ばした。過去の過ちを止めようと闇雲に振り回した手が、温かい手に摑《つか》まれる。

「イル、しっかりして」

落ち着いた声。小さいのに、力強い手。目を開けた先で自分を見下ろす黒い瞳。

「ユイ……」

どうして彼女がいるのだろう。あぁ、そうか。今夜は赤の月が出ているから──


イルの苦しげな呼吸と、悪夢にうなされているような呻《うめ》き声に気付いた結は、ベッドから下りて恐る恐る彼に近付いた。

「イル？」

呼び掛けに返事はない。食いしばった歯の間から、彼は絞り出すように「やめろ」と繰り返している。良くない夢を見ているのだ。これも、赤の月の影響なのかもしれない。彼は何かを振り払うように手を伸ばし、結は咄嗟《とっさ》に彼に駆け寄ってその手を強く握った。

「イル、しっかりして」

ゆっくりと、彼の瞼《まぶた》が持ち上がり、結を捉える。

「ユイ……」

初めて名前を呼ばれた衝撃が、鼓動を加速させた。けれどもそれは一瞬で、反転した視界と背中の痛みに感情は掻《か》き消された。

冷たい床に押し付けられた腕に、イルの指が食い込む。骨が軋《きし》み、体の上に圧し掛かった重みに息が止まる。

しかし、自分を組み敷いたイルの体より、彼の瞳の変化に結はぞくりとした。

灰色がかった青の瞳。その中心にある瞳孔が、猫のように縦に細く伸びていた。

「イル……？」

細長かった瞳孔が一気に開き、腕を掴む彼の手に一層力が込められた。理性を失くした獣のように、彼は大きく口を開いた。

「いっ――あああぁっ……！」

鋭い痛みが上腕に走る。布越しに立てられた歯が、結の肌を食いちぎらんばかりに強くめり込む。言葉にならない悲鳴をあげた結の上から、イルが崩れるように転がり落ちた。

解放された結は、噛《か》まれた腕を押さえながら這《は》って彼から距離を取った。ジンジンと痛みは残っているが、出血している様子はない。床に転がったイルは、自分自身を抱くようにして横向きに倒れたまま動かない。

彼の白い耳の毛が残らず逆立ち、嚙みしめた歯の隙間から漏れる呼吸は荒い。

赤の月が昇る夜は、獣の性質が強くなる。

発情期——これのことだ。

「イル……？」

「離れてて……！」

「誰か、呼んだほうが……」

「外に出ないで……！　おまえは、湯場でっ……朝に、なるまで……」

近付くな、外にも出るな。朝になるまで、湯場にいろ。

彼が言いたいことを察して、結は小さく頷《うなず》く。立ち上がろうとしたが、苦しげな彼の息遣いに引き留められたように体が動かない。

自分の腕を抱く彼の指は、関節が白くなるほど力が込められている。わずかに体は震えていて、ぎゅっと閉ざした目も、食いしばった歯も、抗い難い衝動を抑え込もうと必死に戦っているのが伝わってくる。

嚙まれた痛みはまだ引かない。その腕と、胎児のように丸まって獣の性と戦うイルを見比べて、結はそっと彼に手を伸ばした。

「イル、今、したら楽になる？」

不思議と、怖いと思わなかった。彼をこの苦しみから解放できるなら、体くらい貸しても構わない。どのみち、彼とはいずれしなければならないのだから。

「私、できるよ。今、判定しちゃったらいいんじゃ――」

「しないっ……！　今したら、おまえのこと、妊娠させるかも……」

「で、でも、私には刻印があるから大丈夫なんじゃ……それに……」

挿入せずに済ませる方法だってある。精を受けなければ判定にはならないが、彼が楽になる手助けができればそれでいい。それとも、交合でなければ収まらないのだろうか。獣人についての知識がないばかりに判断がつかない。

イルは目を閉じたまききつく眉間に皺《しわ》を刻み、激しく首を横に振った。

「おまえは、もっと、自分のこと大事にして……」

汗ばんだ彼の頬に銀色の髪が張り付き、肌は紅潮している。

（こんなに、苦しそうなのに……）

胸の奥がぎゅっと締め付けられる。彼は、こんなときでも、自分より結を優先している。

今、彼のためにすべきことは、体を開くことではない。

わかった、と答えてゆっくりとイルから離れた結は、迷いを振り払うようにして湯場に入り、内側からドアを閉めた。


湯場の窓から朝日が昇ったことを確認するなり、結は部屋に戻った。

ぐったりと横たわるイルに駆け寄り、慌てて桶《おけ》に水を満たして布を浸す。濡《ぬ》れた布で汗の浮かんだ頬や額を拭いてやると、彼の長い睫《まつげ》が揺れた。

「ごめん……」

「大丈夫。イルは？　平気？　誰か呼ぼうか？」

首を横に振りながら、彼の手が結から布を優しく奪った。力なくその場に座った彼は、耳も、瞳も、いつも通りに戻っている。

「ごめん。……神殿の管理者は、発情期には、入らないはずだったから……」

「ううん。謝らないで、大丈夫だから。イルのほうが疲れたんじゃない？　予定と違ってびっくりしたのは、たぶん同じだよね」

イルは、ぼんやりとどこか遠くを見つめるように思いを巡らせていた。ソファーに背を預けていた彼は、はっとしたように結に向き直った。

「本当にごめん。腕……嚙んだの覚えてる。見せて」

「だ、大丈夫だよ！　怪我とかしてないし！」

「見せて」

嚙まれた箇所は、風呂場で確認した。肩に近い上腕に、赤く歯形が残っている。それを見せたら彼がショックを受けてしまいそうで、結は渋った。それに、結が今着ているパジャマは袖口が絞られているため、肩まで捲り上げられない。見せようと思ったら、ボタンを開くしかない。つい数時間前に、彼に体を開いていいとまで考えていたはずなのに、今は肌を見せることを躊躇《ためら》ってしまう。だが、彼の目は、事実を知りたがっていた。ただの内出血だと示すことが、彼の心を軽くするなら。

結は、そっとボタンに指をかけた。ボタンを三つ外し、噛まれた左腕が見えるよう服を滑らせる。紺のブラと結の肌があらわになると、イルがゆっくりと手を伸ばした。

彼の瞳に自分の肌が映り込んでいる様を見ていられなくて、結は顔を逸らした。

遠慮がちに彼の指先が噛み痕に触れた。肌の上を他人の熱が這う感触にざわりと産毛が逆立ち、体の内側が騒がしくなる。

「痕になってる……ごめん」

「でも、もう、平気だから」

重い息を吐いて、彼は結の服に手をかけて肌を隠した。

「本当に、ごめん。怖い思いさせた」

「ううん、大丈夫だよ」

怖くなかったと言ったら嘘《うそ》になるが、今のイルにも怯《おび》えるほどの恐怖は結の中には残っていない。それよりも、あんなに苦しんでいたときでさえ欲に流されず、『自分のこと大事にして』と言ってくれたことが嬉《うれ》しかった。それをどう言葉にしていいのかわからず、結は、ボタンを留めながら笑みを浮かべた。

イルの灰青色の瞳が微かに揺れる。彼は表情を隠すように俯《うつむ》き、ゆっくりと体を倒し、結の肩にそっと額を乗せた。

（えっ……）

彼の耳を覆うやわらかな毛が、結の頰をくすぐる。甘えるようなイルの行動に、胸の内側がきゅっと締め付けられた。結の肩に額を預けたまま、彼は小さく溜息を吐いた。

性的な含みのない、親愛による接触だとわかっているのに、鼓動がいつもより急《せ》いている。結は、初めて体験する温かな感覚が胸の中に広がっていくのを静かに感じていた。

第八章　見えてくるもの

体が思うように動かない。水面で揺蕩《たゆた》うような浮遊感から、結はなかなか抜け出せずにいた。瞼《まぶた》に陽光を感じるが、全身に重しを乗せられたような倦怠《けんたい》感で目も開けられない。

ぼんやりと、現実味のない意識の中で声が聞こえる。

「どうして気付かなかったんだ」

「……ごめん」

誰かが、誰かを責めている。そういう言い方、よくない。一方的に責めるのは、自分にとっても相手にとっても、いい結果を生まない。

「毎日ついていながら、こんなに衰弱するまで放置するなんて。何のために君がいるんだ」

「きっと、疲れが出たんだよ。彼女は健康だし、まだ若い。そんなに心配しなくても、数日休めば回復するよ」

助け舟が出されてほっとする。この助け舟は思いやりに溢《あふ》れている。責めている側がどうしてそこまで気を荒立てているのか汲《く》み取って、希望のある未来を想像させている。きっとその気遣いは、責められている人にとっても救いだ。

だが、次いで聞こえてきたのは痛烈な一言だった。

「君は、そう言って、母を見殺しにした」

声にこもる複雑な感情に、結の胸まで引き裂かれてしまいそうになる。

無音。誰も何も言えないほどの衝撃の一言だったのだろう。責めている人の怒りが、空間を支配してしまった。

（どうなるんだろう……）

張り詰めた空気を変えるように、ぱん、と手が叩《たた》かれた。

「不毛な言い争いはもう結構です」

新たな登場人物のうんざりしたような声が場を一気に飲み込んだ。

「言い争って解決することでもないでしょう――ルーク、彼女は数日で回復する見込みがあるのですね？」

「あぁ、うん。そうだね。きちんと食事をとって、しっかり休めば。勿論《もちろん》経過観察は必須だし、回復にどれだけの時間がかかるかは、彼女の体力次第だけど」

「アル、この国の医学長がこう言っていますが、まだ信用できませんか？　信用できないなら、いっそ、ルークを医学長から解任してはどうです？」

四人の登場人物が誰かわかって、結の意識は鮮明になっていく。

どうやら、自分は熱を出してしまったらしい。

高熱で腫れぼったい瞼を持ち上げられずにいると、静かにイルが切り出した。

「あとは、俺が看とくから。今度は、目を離したりしない」

誓いを立てるような言葉に、アルは返事をしなかった。三人が部屋から出て行くと、イルは疲れた息を吐いてベッドの横に置かれた椅子に腰を下ろした。

(どうしよう……完全に起きるタイミング逃した)

アルが責めていたのは、イルだ。結は、自分が風邪をひいたくらいでイルが非難されるとは思っていなかった。アルも、どうしてあんな責め方をするのだろう。巫女《みこ》の管理もイルの仕事のうちなのはわかるが、棘《とげ》のある言い方に心の中がざらついて、納得がいかない。疑問と、自分の不調のせいでイルが責められたという罪悪感が、結の胸の内で複雑に混ざり合いながら渦巻いていた。

「……いつまで寝たふりしてるの」

ぎくりとして、結はそろそろと目を開けた。心配そうな顔をしたイルと目が合い、いたたまれなさが増した気がした。

「ごめんね、迷惑かけちゃって」

「なんでおまえが謝るの……体、辛くない？　水飲む？」

「うん、体は平気。それに、自分のことは自分でできるから、大丈夫だよ」

「おまえの看病任されてるのは俺。おまえじゃない」

不思議な理論展開で結の主張をねじ伏せたイルは、椅子から立ち上がってテーブルへ向かう。水差しを手にした彼の後ろ姿を眺めながら、結は起き上がれずにいた。強がってみたものの、実際にはイルを追いかけていく元気はない。

「イル、ありがとね……」

カップを手に戻ってきたイルは、口元に穏やかな笑みを浮かべながら椅子に座る。

彼の手に握られたカップには、ストローのように木の枝が刺さっていた。彼の長い指が木の枝を摘み、先端が結の唇に近付けられる。

「え、あの、私、起きて飲めるよ」

「あぁ、これは中が空洞になってて、これ使えば、寝たままでも飲めるから」

結がストローを知らないと思ったのか、イルは解説をはじめた。

彼の指先が、とんとんと木の枝の先端をつつく。

「ここ咥《くわ》えて、吸って」

（なんか、すごいエロい要求されたように聞こえたんだけど、毒されてるのかな……）

自分はいつからこんなに淫乱な思考回路になったのだろう。

何も性的なことをするわけではないんだから、と自分に言い聞かせて、結はイルの摘むストローの先端を口に含んで水を飲んだ。口の中が冷やされて心地いい。

「ありがとう……」

結は再びベッドに沈み、ぼんやりとイルを見上げた。自分より彼のほうが辛そうな顔をしている。心配してくれているのだと察せられて、胸がじんと温かくなる。

血液の巡りに合わせて鈍い頭痛がして、あまり頭は回らない。体力が尽きるように瞼が落ち、真っ暗な視界で世界がぐるりと回転して遠くなっていく。

起きているのか眠っているのか、自分でも曖昧なほど意識が朦朧《もうろう》としてきた頃に、額にそっと手が置かれた。冷たいイルの手が額を包み、そのまま髪を撫《な》でるように頭部に滑らされていく。子供をあやすような手付きなのに、予想外のイルからの接触に熱で上がった心拍が更に加速した。

「……ごめん、ちゃんと導けてなくて」

絞り出すような声は、これまで聞いたイルのどの声より苦しげだった。

――そんなことないよ。ずっと側にいて、支えてくれてるよ。

そう言いたかったが、返事を求めた言葉ではなかった気がして、寝たふりを続けた。しばらくして髪を撫でていた彼の手が離れていくと、寂しさに胸がぎゅっと締め付けられる。イルが立ち上がる気配に、行かないで、と甘えた言葉が浮かんだが、それを実際に言ってしまったのか、それすら判然としないまま結の体力はそこで尽きた。


耳の奥にこびりついたように、結の声が消えてくれない。

泣きそうな声で紡がれた「行かないで」のたった一言に、どうしようもないほど胸の中が掻《か》き乱された。

結は、明るく、能天気なほど前向きな人だ。

くよくよしない。泣き言も吐かない。不安げな顔をするときはあっても、フェルドブルグからの侵入者の知らせを受けて狼《おおかみ》の砦《とりで》に向かったときですら、彼女は信徒たちを気に掛けていた。心の強い人なんだと思っていた。

見せないだけで、夜な夜な元の世界に帰りたいと一人泣いたりしているのだろうか。言わないだけで、本当は寂しかったりするのだろうか。

自分の思考を遮るように大きな息を吐いて、イルは結の食事をベッドの横の小さなテーブルに運んだ。眠り続ける結は相当辛そうで、何度か名前を呼んでみてもぴくりともしない。起きる気配のない結の肩を、毛布の上から軽く揺する。

目の下まで熱で赤く染まる結の顔が苦しげに歪《ゆが》む。苦痛を与えているような気になり、このまま寝かせておいてやりたいと思ってしまう。だが、ルークから薬も預かっているし、何よりこれ以上結を衰弱させてしまってはいけないという使命感が競り勝った。

「ユイ」

小さな唇から辛そうな息を吐き出しながら、結は瞼を持ち上げようとする。何度か瞬き、やがて彷徨《さまよ》っていた彼女の黒い瞳がイルの上で定まった。

「イル……？」

「食事、食べられるぶんだけでいいから」

「ん……食べないと、よくならないもんね……」

結は肘をついて上体を起こしかけたが、まるで赤ん坊が立ち上がるのに失敗するようにベッドに崩れてしまう。力なく崩れたまま死にかけの虫みたいに足掻《あが》く結を見かねて、イルは膝だけベッドの上に乗り上がると、余っているクッションをかき集めて山を作り、結の背に手を差し入れてそっと彼女の上体を起こしてやる。

結自身の優しい匂いに、汗の匂いが混ざっている。布越しにもわかる、高い体温。ぐったりとした体は頼りなく、力を込めたら潰れてしまいそうだった。そっとクッションの上に結の背を置いて離れると、結は掠《かす》れた声で「ありがとう」と言った。

ぼんやりとした温もりが、また胸の内に広がる。

結の声が紡ぐ「ありがとう」を聞く度、イルの心は温かさに包まれる。そんなことで喜んでもらえるのかと、また何かしてやりたくなる。誰かの息子だとか血筋ではなく、自分自身を認めてもらえたような気になって、胸の奥が満たされていくような——

（……違う、そういうのは、いらない）

神殿の管理者として、やるべきことをこなすだけでいい。

特別な感情があってはならない。

アルのために生きると決めた。父親と同じ罪は犯したくない。

強引に感情に蓋をして、イルは椅子に座りなおした。

「うん。もうすっかりいいみたいだね」

一通りの診察を終えて、ルークが全快の太鼓判をくれる。

結は思わず天井を仰いでほっと息を吐いた。

「皆安静にって言うと喜ぶのに、ユイは反対なんだね」

「もう暇で暇で……！」

ははは、とルークの笑い声が二人きりの部屋に響く。真昼の光が射す健全な室内に二人きり。ルークを信頼しているし、彼といるとほっとするけれど、安心はできない。

だって、前回ルークとしたときは、こんなふうな昼だった。

緊張にとくとくと鼓動が早まって、結は笑いながら話題を変えた。

「そうだ！　教えてくれた本読んでるの。『マイアとゾルデ』」

「本当に読んでるんだね。今どのあたり？」

「今四巻。ジギエスが最低でイライラする！」

二巻では、ゾルデの異変に騎士ラティスが気付き彼女を側で支えようとするのだが、それを面白く思わない王子ジギエスが、ラティスに最果ての戦地へ行くよう命じるのだ。邪魔者を排除したジギエスはマイアにちょっかいをかけながらも、ゾルデも手元に置けないかと画策する下種《ゲス》っぷりを発揮した。

三巻で、どうにかゾルデの気を引きたいジギエスは、長耳族の男を国に招く。しかし、この長耳族の男がマイアに惚《ほ》れて、話は更にこじれていく。マイアが長耳族の男といちゃついている隙にジギエスはじりじりとゾルデを囲い込み、遂にゾルデはクズ王子ジギエスの子を孕《はら》んでしまう。ゾルデは誰にもそれを打ち明けられずに雲隠れするのだが、その逃走の手引きに加担していた長耳族の男が、ゾルデの逃走先をジギエスに売ってしまう。

きっと誰しもがはらはらしながらページを捲《めく》る第四巻。

なんとマイアの妊娠が発覚する。

しかしこの女、子供の父親がジギエスか長耳族の男かわからないばかりか、騎士ラティスとも過ちの一夜を過ごしていたのだ。

つらつらと続くマイアの独白は要約すると「だって寂しかったし」「ラティスが遠くへ行っちゃうから思い出に」「ジギエスはわたしのこと好きって言ってくれるけどゾルデとも浮気してるし、わたしだってしちゃうんだから！」という調子で、結はまったくもってマイアに共感できないまま四巻の残りもわずかというところまで来ていた。

怒りを隠し切れない結に、ルークはまた人当たりのいい笑顔で応じる。

「俺もイライラしながら読んだのを思い出すよ」

「ルークもイライラすることあるの？」

「するよ。仕事中もイライラして、つい怒鳴ったりすることもあるし」

「ちょっと意外。でも、見てみたいかも」

苦笑したルークが何か言おうと口を開いたのと同時に、コンコンとノックの音が会話を遮った。結が「はーい」と返事をすると、ドアの外からメリダが言った。

「失礼致します。ルーク様、医師会の方がお見えです。急患とのことです」

「行かないと。ユイ、またね」

素早く立ち上がったルークは結に挨拶をして、駆け足で部屋から出て行った。

本当に忙しいようだ。初めて彼と会った日、結はのんびり彼とお喋《しゃべ》りを楽しんだが、よかったのだろうか。

(皆忙しいんだなぁ。暇なのは私だけか)

結はソファーの上に足を投げ出して、読書を再開した。

マイアの妊娠に喜ぶジギエスは盛大に祝福し、彼女を妃にすると宣言するが、彼は無論ゾルデを諦めておらず彼女を監禁する。そこに、捕らえられたゾルデの噂《うわさ》を聞きつけたラティスが颯爽《さっそう》と駆けつけて彼女を救出するのだ。そこで四巻は終わった。

四巻の裏表紙を閉じて、結は複雑な溜息《ためいき》を吐く。

(でもラティス、マイアとしちゃったんでしょ。なんか喜べないなぁ)

あんなに誠実でゾルデを献身的に支えてきたラティスでさえ、美人に揺らいだ。

(一人だけにするって、そんなに難しいことなのかな……)

浮かんだ啓介の影を振り払うかのように、結はソファーに横になる。

ぼうっとしているのは辛い。勝手に書庫へ行ったら、イルは怒るだろうか。イルが怒らなくとも、結が神殿の中で迷子になったら、またイルがアルに咎《とが》められるのだろうか。

のどかなアストールマイアには、車のクラクションもヘリコプターの風切り音も、電話の音も繁華街の客寄せの声もない。どこまでも穏やかで、静かな世界だ。

ふと、足音が聞こえた。控えめなノックに起き上がってドアを開けると、そこに立っていたのは、数日ぶりに見るには眩《まぶ》しすぎる美貌のアルだった。

「こんにちは、ユイ」

「こんにちは、アル。よかったら、中へどうぞ」

「君が先にどうぞ」

結が押さえていたドアを、アルがかわりに支えてくれる。彼はどこまでも紳士的だ。まだそれに慣れず、気恥ずかしい思いで、結は小さく礼を言いながら室内に入った。

結がソファーに腰を下ろすと、アルは室内をぐるりと見渡してから隣に腰を下ろした。

「調子はどう？」

「もうすっかり良くなりましたよ」

「よかった。とても心配したんだ。君の元気な笑顔が見られて、嬉《うれ》しいよ」

アルのとろけるような笑顔と甘い言葉にくらくらしそうだ。なんと返事をしていいやら困る。鮮やかな緑の瞳が、ふとテーブルの上の本に止まった。

「もう四巻？」

「そうなんです。さっき読み終えたところで」

「君は読書家なんだね。知らなかった」

彼の溢れんばかりの優しさを感じながら、結はふと、彼の冷たい声を思い出した。

イルを責める声を思い出すだけで、喉の奥が締め付けられるように苦しくなる。

（アルは、私にはこんなに優しいのに）

兄弟仲は、良くないのだろうか。ぼんやりしてしまった結に、アルはふわりと笑った。

「何かに気を取られているみたいだね。本の続き？」

「――そうなんです。気になるところで終わってるから」

「じゃあ、散歩がてら続きを見に行こうか？　今度は、王宮の書庫に案内するよ。少し歩くけど、平気かな？」

優しいアルを見ていると、あのとき聞いた声は夢だったのではないかとさえ思えてくる。

（あのときは、気が立ってただけなのかな）

そう結論付けて、結は喜んで彼の誘いを受け入れた。


王宮へ通じる直通の扉は、門番に守られていた。アルはそこから王宮に結を案内したが、結は誰にも告げずに部屋を空けてしまったことを後悔していた。

「ねぇ、アル。あの、イルに言ってこなくてよかったんですか？」

「大丈夫だよ。門番は王宮と神殿を行き来した者を定期的に神殿の管理者に伝えるから、君を連れ出したのが僕だというのは、すぐにイルにも伝わる」

「それならよかった……」

安堵《あんど》の息を吐いて、結はようやく周囲に好奇心を向けられた。

磨き上げられた石の廊下を抜けると、急に天井が高くなり、絨毯《じゅうたん》が敷かれた広間へ出た。ラフな格好をしていなくてよかったと、結は思う。

きょろきょろと忙しなく内装を観察する結を、アルはゆっくり二階へ続く階段へと誘導する。階段を上りきったそこに飾られていた大きな肖像画に、結は「あ」と声を上げた。

金髪の男性と、少年が描かれていた。

髭《ひげ》を蓄えた金髪の男性には猫耳があり、目の形や眉のあたりがアルに似ていた。

「これ、アルと、お父様？」

「そうだよ。よくわかったね」

「目元がすごく似てる」

「そうかな？　だったら、僕ももう少し年を重ねたら、髭を生やしてみようかな」

想像して笑った結に、アルはまたとろけるような甘い笑みをくれる。腕を組んだ至近距離ではとても受け止めきれない美しい笑みに、結は赤くなる頬を隠すように肖像画に視線を戻した。巨大な肖像画は、二枚並んで飾られていた。

もう一枚に描かれていたのは、可憐《かれん》な女性と少年だった。彼女のぱっちりとした大きな瞳の色はエメラルドのような緑で、鮮やかな金色の髪もアルにそっくりだ。一見少女のように見えるが、彼女がアルとイルの母親だろうとすぐに察しはついた。その女性が大切そうに肩に手を置くのは線の細い銀髪の少年で、印象的な灰色がかった青の瞳をしている。

（あ、イルだ――）

小さい頃の二人に共通点を探そうと見比べているうちに、些細《ささい》な違和感が胸を騒がせる。

アルは、父親に似ているし母親の瞳を受け継いでいるが、イルは両親のどちらにも似ていない。それに、どうして、肖像画は二つに分かれているのだろう。

父親とアル。

母親とイル。

肖像画を描く際に、サイズや構図の都合上四人は入らなかったのだろうか。推測を否定するような二つの絵の間にある隙間に、結の心はどんどん騒めいていく。

「彼女は、弱冠十四でこの国の女王になった。この肖像画は彼女が二十歳の頃のものだよ」

母親を「彼女」と呼んだアルへの違和感は、結の中で急速に広がっていく。

アルが内に秘めた母への想いを悟られまいとそう称したのか、それとも本当に母親への気持ちが薄いのか、結には判断がつかず、曖昧に頷《うなず》くことしかできなかった。

アルはそれ以上の解説をせず、結を二階の廊下の奥へと案内した。

見事な彫刻の施された扉をアルが押し開く。傾きだした陽光に照らされたそこは、中央に置かれたテーブルと、椅子が四脚、窓辺には布張りの寝椅子があり、壁の一面には本の詰まった書架が設えられていた。棚に並ぶ蔵書量は神殿の書庫と大差ないが、室内を彩る調度品の一つ一つが、神殿のそれより贅沢《ぜいたく》な品であることは一目でわかる。王族の読書室といった様子に、結はぽかんと口を開けて間抜けな顔を晒《さら》してしまう。

「ここが、王宮の書庫だよ。僕の部屋はこの隣にあるんだ。気に入った？」

「わぁ……すごい――でも、私なんかが入っていいんですか？　王子様の部屋の隣なんて、普通は立ち入り禁止なんじゃ……」

「君は、この国にとって大切な人なんだから、気後れすることはないよ。どうぞ、ユイ」

結は緊張しながらアルの引いてくれた椅子に腰を下ろした。結を座らせたアルは、棚から『マイアとゾルデ』の五巻を持ってきて、それをテーブルの上に置く。

「ここで読んでいいんですか？」

「勿論。あいにく、ここの書物は王宮から持ち出すことはできないんだ。でも、ここへは、いつでも君の好きなときに来てくれて構わない」

どういう意味かと首を傾げた結の手を、アルがそっと握った。予期せぬ接触に、結は反射的にどきりとする。

「ユイ、もっと、君と過ごしたい」

甘い瞳に見つめられ、頬が熱を帯びていく。逃げるように視線を逸らそうとした結の頬を、もう一方のアルの手が包んだ。握られた手と、頬を包む手。どちらも、結のそれらをすっぽり包み込めるほど大きく、身動きが取れなくなる。

「僕は日中、頻繁に神殿へ通うことはできない。でも、ここへ来るのは難しくない。君さえよければ、ここで、僕に君と過ごす時間をくれないかな？」

時間をかけてくれる必要はない。今、強引に押し倒してくれればいい。そう思いながらも、大切な恋人にそうするように、時間をかけてくれるアルの思いやりを嬉しいとも思う。避けられないセックスのタイミングを、自分たちは計っている。ここでできる返事は一つだ。

「……はい」

小さく頷いた結を、アルは愛しげに見つめる。そんなに熱っぽく見つめられた経験はない。

どきどきしている。それなのに、胸がちくりと痛むのは何故だろう。

風邪をひいて、こういった行為から少し遠ざかっていたから？

アルに、本当に想われていると勘違いしてしまいそうで怖いから？

戸惑う結の唇に、やわらかな温もりが触れる。触れただけのそれは、ほんの少し結の下唇を食んで、すぐに離れていった。

「ユイ……」

甘やかに自分を呼ぶ声に誘われて、うっすらと瞼が開く。視界には、結を愛しげに見つめるアルしか映らない。アルの指先が、優しく結の頬を撫でた。熱を帯びたエメラルドの瞳は、じっと、結だけに注がれている。本当に愛されているような視線に、また胸が苦しくなる。

「好きだよ」

すべての感情を遮断するようにきつく目を閉じた結の唇に、またアルのやわらかな唇が触れて、すぐに離れていった。仕掛けた襲撃を反省するかのように、少しばつの悪そうな笑みを浮かべるアルに、今彼が行動を起こさない理由は病み上がりの自分を気遣っているのだと悟って、結はどこかほっとしていた。

「区切りのいいところまで読み進めるといいよ。夕食までには君を解放しないと、イルが心配するだろうからね」

結はこくりと頷いて、テーブルの上に置かれた分厚い本の表紙を捲った。

何をするでもなく、アルはじっと結を見つめていた。その視線に気付かないはずもなく、結は緊張で何度も同じ段落を繰り返し目で追い、それでも内容が頭に入って来ないので遂に顔を上げる。

「どうして、そんなに見るの……？」

鮮やかな緑色の瞳には、劣情や過激な欲望はなく、かわりに愛しさや純粋な熱っぽさばかりがきらめいて見える。とろけるような微笑みはまさに理想的な王子様そのもので、次いでアルの形のいい唇が紡いだ言葉もそうだった。

「君が好きだから。ずっと、君を見ていたい」

はぁ、と堪えきれない気恥ずかしさの息を吐き出し、結は真っ赤な顔を隠すように俯《うつむ》いて頭に入ってこない文章をひたすら追い続けた。

（だめだ……早くしちゃわないと心臓もたないかも……）

近いうちに決戦に臨む覚悟を新たにして、結はテーブルの下で拳を握りしめた。

温かな日差しが降り注ぐ昼下がりに、中庭に置かれたベンチで、イルはミーアに本を読んで聞かせていた。

巫女たちは、アストールマイアに多数の文化を残した。その一つが、イルがミーアに読んでいる絵本だ。

歴代巫女が残した絵本は数種類あり、どれも異世界では有名な物語だそうだ。やって来た巫女たちは、共通してそれらの物語を知っていた。いつしか、国民は巫女の伝えた絵本を子供たちに読んで聞かせるようになった。

絵本の物語はほとんどが『薄幸の美姫が王子に見初められて幸せになる』というもので、運命的に出会った男女が一目で互いに惹《ひ》かれ合い、さして知り合いもしないまま結ばれる展開に、イルはあまり共感できなかった。けれども、隣のミーアは青い瞳をキラキラさせて耳を傾けている。きっと、女の子には夢のある話なのだろう。イルは口元が緩むのを自覚しながら、絵本の最後の一行を読む。

「――こうして、二人はいつまでも幸せに暮らしました」

絵本の背表紙を閉じると、ミーアが腕にまとわりついた。

「もう一回読んでー」

「違う話じゃなくて？」

「うん！　ミーアはね、このお話がいいの。だから読んでー」

ミーアはこの話が特にお気に入りで、物語の最後で王子が姫を迎えに行く展開にときめくらしい。イルには彼女の心情は理解できないものの、大切な親族の頼みは叶《かな》えてやりたい。癖の強い金色の髪をひと撫でして絵本の表紙を開くと、ミーアが歓声をあげる。

ふわりと風が吹き、物語の一行目を目で追いながらイルが息を吸い込んだときだった。

「あーっ、ユイー！」

ミーアは、廊下を歩く結に大きく手を振る。結は窓越しの声に気付いたようで、顔を上げてにこやかに手を振り返した。隣を歩くメリダは足を止めず、王宮へ続く通路へと結を導いていった。結の姿が見えなくなると、ミーアは勢いよく顔を上げた。

「ねぇねぇ、ユイはどこに行くのー？」

「……王宮だよ」

結は、昨日から王宮の図書室に通っている。アルと結が二人きりで過ごす時間は、多いに越したことはない。

「あっ、ミーア知ってるよ！　アル様が『巫女の王子様』になるかもしれないって、ママが言ってた」

どうやらミーアの母ノリスは、幼い我が子が理解できるよう、お伽話《とぎばなし》になぞらえて状況を説明したらしい。またミーアが絵本の中の王子と現実の王子を混同してしまう、と思ったものの、イル自身の事情も巫女の役割も、ミーアが理解するには早すぎる。だから、ノリスは絵本の中の出来事のように伝えるのだろう。

女王が亡くなったあと、族長を決めるときもそうだった。イルが族長にはなれないと主張したのを、ノリスはミーアに「イルは王子様になれないって言ってるのよ」と教えた。それをミーアはどう解釈したのか、「イルはミーアの王子様だから、王子様になれなくても、悲しくないんだよ」と言うようになったのだ。幼いながらも、彼女なりに励ましてくれているのだと悟ったイルは、それからずっと『ミーアの王子様』だ。

得意げに話すミーアの髪を、イルは優しく撫でる。

「アル様とユイは、いつまでも幸せに暮らす？」

「……うん。そうなってほしい」

それはきっと、歴代巫女たちが残した絵本のように、完璧に幸せな結末のはずだ。

唐突に吹いた風がやけに冷たく感じられて、イルはミーアの手を引いて神殿内に戻った。

第九章　秘密の戯れ

王宮の書庫に通いはじめて、三日目。

昨日も、アルとは小鳥がじゃれ合うような軽いキスをしただけだったことを反省した結は、今日こそ、と意気込んで王宮の書庫に入った。

アルの気持ちが刻印によるものなのか、本当に本心から自分を気に入ってくれているのかはわからないが、とにかく彼は結を大切に思ってくれている。

本を読んでいる間も、じっと結を見つめたり、読書を妨害したいのかしたくないのか優しく手を握ってきたりすることはあるが、必要以上に体に触れてくることはない。

二人の関係を大切に育もうとするような、結を大切にしたいという気持ちがひしひしと伝わってくる。

だが、アルは王の代理を務めているだけあってさすがに忙しいようで、ずっと結の隣にいるわけではない。隣室には頻繁に人の出入りがあり、その度にアルは書架の脇にひっそりと佇《たたず》むドアから、直通で、隣の彼の部屋と書室を行き来していた。

そんな多忙なアルを見て、結は決意した。悠長に構えている暇はない。このままだと、期日までに残り二人との予定をこなせるかどうかも怪しい。もっと積極的にならなければ。

いつものように書室に入った結は、本を手にして窓辺の寝椅子に向かい、アルを待った。下にストッキングやタイツを穿《は》かなくていいように、脛《すね》まですっぽり隠す黒のシフォンスカートに白のブラウスを着てきたが、ちょっとかっちりし過ぎだろうか。もっと、エロい感じのほうがよかっただろうか。エロい感じの服なんて、持っていないけれど。

「こんにちは、ユイ」

「こんにちは、アル」

一人で勝手にそわそわとしていた結のもとに、アルがやってきた。

「今日はそっちなんだね」

「そう、今日は、こっちの気分で」

いつもテーブルにいる結が寝椅子に座っていることさえアルには楽しい変化なのか、彼は優しく微笑みながら結の隣に腰を下ろした。

「今日も素敵だよ。毎日、どんどん君のことが好きになる」

こういう台詞を毎日聞かされているとある程度の耐性はついてくるが、それでもやっぱり恥ずかしいことに変わりはない。うっすらと朱の差した結の頬を、アルの手が包む。

「赤くなる君も、とても可愛い」

うっとりと目を細めて、アルは結の唇に触れるだけのキスを寄越した。挨拶のような、軽いキス。離れようとしたアルに、結は勇気を振り絞ってそのまま抱き着く。

きっと、この後普通に会話してしまえばそこから軌道修正してアルを誘惑するのは難しい。そういう雰囲気作りが不得手な結にできる精一杯がこれだった。

結が求めている、と雄の本能が掻《か》き立てられたのか、アルは結の腰を優しく抱き寄せてキスを繰り返す。それは少しずつ深くなり、次第に互いを求めるように舌が絡み合った。深い口付けに応えながら、結は、半ばやけくそでアルの足に手を滑らせる。

これまで、こんなふうに自分から仕掛けた経験などない結にとって、これは大きな冒険だった。中途半端にアルの腿に触れた指先から伝わる男の体の感触に、緊張と恥ずかしさが鼓動を早めて、くらくらした。目前で止まった結の手をそっと握って自身の中心から遠ざけると、アルは結の首筋へ唇を押し当てた。

「ユイ、君は……僕をこんなにも、熱くさせる……」

首筋を掠《かす》める唇と、腰に伸びた彼の手に、刻印がちりちりと痛みはじめる。腰から、脇腹へ。脇腹から、背中へ。アルの手は結の存在を確かめるように優しく全身を辿《たど》っていく。

「僕は君を、心から想ってる……君の体を、他の男が知っていると思うだけで、僕は……嫉妬で狂ってしまいそうだ」

嫉妬で狂う。

日頃のアルからは想像もできないような過激な言葉に、結の背筋はぞくりと震えた。

結の体をゆっくりと座面に押し付けて、黒のシフォンスカートの中へ、アルの手が滑り込む。内腿《もも》を走る手に刻印の痛みは増し、結の秘処はじわりと熱を孕《はら》んだ。寄り添った彼の体を、いつもよりずっと大きく感じる。

「んっ……」

耳を齧《かじ》られて、結は甘ったるい声をあげながら、小さく身震いする。熱に浮かされたような掠れた声が鼓膜を震わせた。

「ユイ……僕だけだと言ってくれ……」

切望するような囁《ささや》きに、体の芯までぞくぞくする。

腿の付け根を彼の親指が辿り、結の体がまたぴくりと跳ねると、アルの指はショーツを避けて結自身に触れた。くちゅ、と音を立てながら、結のそこは自ら彼を受け入れようと開いていく。

「ユイ……こんなに濡《ぬ》れているなんて……君は本当にいけない人だ……」

愛しげに目を眇《すが》めたアルが結の口を塞ぎ、舌を絡めながら結の蜜道へ指を沈めた。

「はぁ……あっ……！」

腰が疼《うず》き、中をゆっくりと辿る指の動きに合わせて結は小さな声をあげる。一点を探り当てたアルの指は決して強くない加減でそこを刺激し、結の中からとろとろとした蜜がとめどなく溢《あふ》れた。淫靡《いんび》な水音と、二人の荒い息が部屋を満たす。

誰かが、アルを呼びに来るかもしれない。

この部屋には入って来なくとも、隣室への人の出入りは多い。

誰かに、声を聞かれてしまったら——

その緊張感は背徳的な愉悦を結にもたらし、結の高まりはアルの指から彼自身にも伝わったようだった。蠢《うごめ》く蜜道に、アルの瞳は妖しげな劣情の色が濃くなっていく。

唇を合わせたまま必死に声を抑える結を、彼の緑の瞳はじっと見つめ、結は至近距離でアルに見つめられていることにも感じてしまう。

「あっ……ん、んっ……！」

ぎゅっと目を閉じてアルの体に腕を伸ばすと、彼は力強く結を抱き締めてくれる。アルの腕の中にすっぽりと抱きすくめられて、きゅうと子宮が疼いた。

「ユイ……君が愛しくてたまらない……」

「ああっ……！」

アルの服をきつく摑《つか》む。もう抑えきれないところまで快感は膨らんでいた。来たるべき解放のときを求めて結の体はいっそう熱をあげる。

「んっ……っ、アル……もっ……！」

「アル様？」

コンコンというノックの音と、聞き覚えのある男の声がアルを呼んだ。

二人は同時に跳ね起きる。血の気が一気に引いていった。

「アル様？　私です。ミゲルです。来月の来賓について、書類をお持ち致しました」

ミゲルと名乗った男の告げた要件に、アルは小さく溜息《ためいき》を吐いた。無視できる案件ではないらしい。何より、国王代理の務めを忘れて享楽に溺れられるほど、彼は無責任にはなれないのかもしれない。

「……すまない、ユイ」

「いいの、行って」

結に優しく唇を寄せて、乱れた結の服と、自分の着衣をきちんと直してからアルは隣室へと消えて行った。

いつもより少しだけ不機嫌なアルの声が聴こえてくる。

結は、顔を覆ってその場で丸まった。

中途半端に触れ合って火照った体を持て余して、ここでアルを待つことはできる。きっと、アルだってこのまま吐き出したいくらいの性欲はあるだろうし、戻った彼と第二ラウンドをはじめるのが互いの精神衛生上もいい気がする。

(だけど、恥ずかしい……!!)

またこんなふうに妨害されたら？

それを考えると、結は今さっきまでここでアルと密かに睦み合っていたこと自体が恥ずかしくなり、後ろ暗くなり、この場に留まることに耐えられなくなる。

熱の引かない頬をぱたぱたと扇ぎながら、結は本を棚に戻すと、逃げるように王宮の書室を後にした。

俯《うつむ》いたまま門番の間をすり抜けた結は、真っ直ぐ自室へ向かっていた。

王宮へ向かうときは、メリダが門番のいる場所まで付き添い、戻るときにはアルが部屋まで送ってくれる。巫女を一人にしないという彼らの徹底した方針は身に染みているが、今日ばかりは大目に見てほしい。

（やっぱり、神殿でするべきなのかも）

神殿の巫女《みこ》の部屋なら、邪魔は入らないはずだ。次にいい雰囲気になったら、どうにかアルを部屋に誘導できないかと考えを巡らせていた結は、声を掛けられるまで、前方から集団がやって来ていることにも気が付かなかった。

「これはこれは、巫女様ではありませんか」

結に声をかけたのは、見知らぬ中年の男だった。彼には丸い耳があり、黒いローブを纏《まと》っている。彼の後ろに控える数人の男たちも、揃《そろ》いの黒の衣装を身に着けていた。信徒のそれとは違う衣装だが、彼らの黒い服には見覚えがあった。

結がこの世界ではじめて夕食をとったとき。イルは、黒い服の中年男たちと話していた。彼らは、神殿に自由に出入りを許されている人々なのだろう。だが、見ず知らずの人に声をかけられ、結はにわかに緊張を覚える。オフィスの廊下で他部署の部長に遭遇したときのような気分で、結は彼らにお辞儀をした。

「頭をお上げください、巫女様。巫女様に頭を下げられては、我らは床に伏さねばなりません――申し遅れました、私はヘルドと申します。この国の政治に携わる者です」

「はじめまして」

どうやら彼らは政治家らしい。揃いの黒の衣装は、議員の証だろうか。

ヘルドと名乗った男は、もう一度会釈した結に、目を糸のように細めた。

「なんとも、巫女様は随分腰の低い女人であらせられるようですな」

何故か、やけに「女人」という言葉が耳についた。

「それにしても、巫女様が一人でいらっしゃるとは、不用心だ。神殿の管理者は何をしておいでなのか」

「いえ、たまたま一人なだけで……」

「たまたまがあってはなりません。巫女様に万一のことがあれば、種が滅ぶのですから。私どもがお部屋までご案内致しましょう」

「ありがとうございます。でも、お気持ちだけで十分です。一人で大丈夫ですから」

「どうか巫女様、我らをこの国の父と思って、頼っていただけませんでしょうか。我々は巫女様を心配しているのです」

そこまで言われてしまっては、「結構です」とは言い辛い。ついさっきまでアルと親密な行為をしていただけに、面識のない異性に囲まれるのは遠慮したかったが、逃げ道を塞がれた結は頷《うなず》くほかなかった。

ヘルドは結の隣に並び、巫女の部屋に向かって歩きはじめる。背後から続く集団の足音に追われているようで、結はいつもより速足に進んだ。今日ほど、この神殿を広く感じたことはない。

「それで、判定のほうは、進んでおいでいでしょうかな?」

判定の状況は、外部には漏れないとメリダは言っていた。彼も詳細を知らないのだろう。呪いのことを考えれば、状況を知りたいと思うのは普通のことだ。そう理解しながらも、結の心はざらついた。

どうにも、ヘルドの口調には含みを感じる。「国を救ってくれるのか?」ではなく、もっと、性的な意味を含んだ問いに聞こえるのは何故だろう。

答えない結に痺れを切らしたのか、ヘルドが足を止めた。

「おや、もしや、一人も判定をなさっていないのでしょうか? それとも、判定の状況は明かしてはならないと誰かから言い含められているのでしょうかな?」

これでは、質問ではなく詰問だ。だが、現状を把握したいと願う彼らの心境は理解できるだけに無視して逃げるわけにもいかず、結も立ち止まる。

「いえ、そんな事実はありません。それに、判定は——」

「言わなくていい」

結の腕が背後から引かれる。振り向くと、ひどく冷たい目をしたイルが立っていた。彼の灰青色の瞳は、隙を見せまいとするように、じっとヘルドに注がれている。

「おやおや、イル殿。巫女様を一人にして、何をしていらしたのでしょう。神殿の管理者の職責を、イル殿は何だと思っておいでなのか」

「巫女は俺が部屋まで送るから、お引き取りを」

イルはいつもより言葉を選んで話しているが、撤収を促されたヘルドは、上辺だけの敬意に不快感を示すように笑みを浮かべたまま目を細めた。

腕を掴むイルの手に力が込められた気がして、結は一歩ずつヘルドから後退る。

「随分と勝手ばかりおっしゃるではありませんか。巫女様が自らお話しになろうとしていたところを、言わずともよいと遮られたばかりか、今度は我らに出て行けと？」

「……あなたたちが判定の状況を知る必要はない」

「これは！　イル殿は何とも傲慢なお考えをお持ちのようだ。イル殿はご存じないでしょうが、我らの元には連日判定の状況を知りたいと望む国民の声が届いておりますぞ。判定の状況も知らせぬ、巫女にも会わせぬ……これでは、国民は到底納得できますまい。なかには、マイアの血脈による神殿の私物化が進んだと言う者までいることを、兄上からお聞き及びではないようですな？　イル殿は、御父上に似ておいでだ。女王陛下を堕落させ、神殿を我が物にした御父上に――あなたには、罪を背負って生まれた自覚が足りぬ」

まくしたてるようにイルを糾弾したヘルドの目が、じっとりと結を捉えた。

「巫女様、イル殿は真実を隠しているのです。自分が罪深き身であることも、巫女様の真の役割も。そうやって、巫女様を利用しようとしている。さぁ、こちらへどうぞ。我らが教えてさしあげましょう。この国と、巫女様の役割の真実を」

ヘルドが結に手を差し出した。しかし、その手を取る気にはなれない。

知るべきことは、教えてもらっている。もし知らないことがあるとすれば、それは、まだ知るべきタイミングでないことや、知ってはならないとイルが判断したことだ。

ヘルドは信用できなくても、イルは信じられる。

話の流れも、ヘルドが何を言っているのかもわからないのに、結は首を横に振った。

「……行きません」

はっきりと拒絶を示した結に、ヘルドは目を見開いた。彼は、怒りに満ちた表情で結の腕を掴もうと手を伸ばす。しかし、パシン、と乾いた音とともに、その手は振り払われた。

「俺の巫女に触らないで」

結の視界が、イルの背で遮られる。

身を挺《てい》して自分を守ろうとする彼の背中は、いつもより大きく見えた。

「神殿から出て行って」

強く告げたイルに、ヘルドは反論しなかった。ヘルドたちが去っていく靴音が反響する廊下には、いつまでも嫌な緊張感が漂っている。靴音が遠くなると、イルは疲れたような息を吐いて、結を振り返りもせずに「行くよ」と歩きはじめた。

ヘルドたちはもういないのに、彼の手はずっと結の腕を掴んだままだ。

寄りかかりたいほど頼りがいのある背中だとか、腕を掴む手を力強いと感じたこともない。それなのに、自分の腕を掴む彼の手と、少し先を歩く彼の後ろ姿が、これまでと違う強さで結の心を揺らしていた。

夜になって夕食の迎えに来たイルと、結は目が合わせられなかった。

いつもなら、『マイアとゾルデ』の物語がどこまで進んだか、どれだけジギエスに憤りを覚えたかをイルに報告するのに、今日は感想が一つも出てこない。

ヘルドたちと対峙《たいじ》するイルの姿が、結の脳内を占拠していた。

廊下を歩く二人の間に会話はなく、歩みはゆっくりとしていた。

「……今日、ごめん。嫌な思いさせた」

沈黙を破ったイルは複雑な横顔をしていて、結は慌てて頭を振る。

「ううん、全然平気。イルが来てくれたし。……その、ありがとう。庇《かば》ってくれて」

昨日まで何の躊躇《ためら》いもなく伝えられていた感謝の気持ちも、今日は何故だか口に出すのに勇気が要った。そろりと隣のイルを窺《うかが》うと、彼の唇には穏やかな笑みが浮かんでいる。

その表情に、結の鼓動はとくんと跳ねる。

自分自身の反応に、結は戸惑いを隠しきれない。

「どこまで進んだの。『マイアとゾルデ』」

「えっと、今日やっと六巻に入って、マイアが産気づいたところまで読んだの」

「………へぇ」

わずかな間のあとに続いた彼の返事は、いつもよりよそよそしかった。

もしかして、結の読書がほとんど進んでいないことに、イルは気付いたのだろうか。今日は、王宮の書庫にいた時間の大半を別のことに充てていたのだから読書が進んでいないのは当然だ。読書が進まなかった理由そのものにも、彼は思い至ったのかもしれない。

胸の奥が騒めく。内に渦巻く正体不明の黒い影から逃れるように、結は浮かんだ言葉を衝動的に吐き出した。

「そうだ。ほら、五巻の終わりで、ラティスに助けられたゾルデは、耳のある獣人の赤ちゃんを産んだでしょ？　その子は、どうなるの？　あの子、ジギエスの子だよね？」

自分でも白々しいほど、取って付けたような話題だと思う。

また一人で空回っている。勢いを失いかけた結に、イルがふっと笑った。

「俺が先言ったら怒るくせに、なんで訊《き》くの」

「そうなんだけど、なんか、気になっちゃって」

イルの様子はいつも通りで、淡々とした声のなかには親しみが込められている。その反応にほっとすると同時に寂しくなっている自分は、本当にどうしてしまったのだろう。

出会ってすぐの頃よりずっと彼との距離は縮まっているのに、これ以上近付くことはイルが許してくれないと思うから、自分は寂しくなるのだろうか。イルと親しくなればなるほど、彼にとっての自分の立ち位置が摑めず、結の胸は切なく軋《きし》む。

自分は彼と、どうなりたいんだろうか。

くすぐったさと痛みが同時に胸を震わせる、その独特な痛みは結が長らく忘れていた感覚で、その感覚がなんという感情と結びついているか、知っている気がする。

(これじゃあ、まるで――)

とぼとぼ歩く結の斜め上から、ぽつりとイルの声が降ってきた。

「夕食のあと、書庫行く？　続きが気になるなら」

想定外のお誘いに結の心は急上昇する。

顔を上げるとイルもちらりと結を一瞥《いちべつ》したところで、二人の視線はぶつかった。目が合ったのは一瞬で、先に目を逸らした彼の横顔は、相変わらず感情が読めない。

「いいの？」

「良くなかったら言わない。俺も、調べ物があったから」

なんだ、ついでか。

がっかりするやら、ついでだとしても声を掛けてくれたことが嬉《うれ》しいやら、結の心は忙しい。イルの言葉や態度に一喜一憂している自分に呆《あき》れながらも、頬は緩んでいた。

「そっか、それなら、お言葉に甘えて連れて行ってもらうことにしようかな。誘ってくれてありがとね、イル」

礼を述べた結に、イルはやわらかな微笑みで応じる。イルから向けられた親しみに、結の心臓は甘い幸福感を駆け足で全身へ巡らせていった。

窓もドアも閉まっているのに、書庫はひんやりとしていた。

室内のランプにイルが明かりを入れると、結はまっすぐに『マイアとゾルデ』の並ぶ棚に向かい全七巻の第六巻を引き抜いた。ぱらぱらと、その場でページを捲《めく》る。

読みかけの段落を確認し、全然進んでないな、と思いつつ結は借りていくのを六巻だけにすべきか七巻まで借りてしまうかで悩んだ。

明日からも王宮の書室に通うつもりだが、あの空間で結がしなければならないのは読書ではなくアルとのセックスだと考えると、やはり二冊とも借りておいて、自室でゆっくり読書に浸るのがいい気もする。

イルに二冊借りていっていいかと尋ねようとすると、彼は部屋の反対側の、巻物が詰め込まれた棚の前に立っていた。結は分厚い『マイアとゾルデ』を書棚に戻し、イルの真横に移動して、彼と同じように所狭しと詰め込まれた巻物を眺める。

歴代巫女の記録。

イルは巻物を一つ手に取ると、古びた紙を殊更慎重に広げた。びっしりと並ぶ文字は所々掠れて読みづらい。結は文字を解読しようとイルの手元を覗《のぞ》き込む。

「……選出の夜の、準備について？」

「そう。今から準備しとかないと間に合わないってメリダが騒いでるから、俺も確認しとこうと思って」

ふぅん、と結は曖昧に返事をする。

正直、選出の夜がいつになるかは、アルとイル次第だ。

アルはまだ、時間さえ確保できれば最後まで行き着くだろうと想像がつく。

（問題はあなたなんですけどー……）

肩が触れるほどの距離で、結はちらとイルの横顔を盗み見た。

彼の灰青色の瞳は、じっと巻物の文字に注がれている。真剣な眼差しにドキリとして、結は慌てて視線を巻物の文字に落とした。巻物の内容よりも、鼻腔《びくう》をくすぐる古紙とインクの匂いに混ざる、イルの匂いばかりに気を取られてしまう。

イルがはっとして顔を上げた。

「あ、ごめん。おまえ、本借りていく？」

「連れてきてもらったの私のほうなんだし、気にしないで。イルは、それ借りていくの？」

「これ？　これは持ち出し禁止」

「だったら、ここで今読む？　また戻ってくるの二度手間でしょ？　私も続き読んどくし」

巻物が持ち出し禁止なら、イルは結を部屋に送り届けたあと書庫に戻ってくることになる。彼に無駄な労力を割かせるのは気が引けた。

しかし、結の提案に彼は戸惑ったようだった。

眉間に皺《しわ》を寄せた彼の目は、考えるように泳いでいる。

（え、なに？　私そんな変なこと言った？）

何か、アストールマイア基準で、非常識なことを言ってしまったのだろうか。

そこで、はっとした。

もしかして、図らずもこの時間帯に二人っきりで過ごそうと受け取れるような提案をしたことが、イルに「逆セクハラ女と二人っきりなんて怖い……」と思わせたのだろうか。

しかし、それは杞憂《きゆう》だったようで、イルは何かしらの決心をしたように息を吐くと、穏やかな表情で頷いた。

二人は部屋の中央のテーブルに並んで座り、それぞれ読書に没頭した。

しばらく結は隣のイルが気になって仕方なかったが、彼は巻物から決して顔を上げず、自分がまた一人でそわそわしていると気付いたあとは、引き込まれるように『マイアとゾルデ』の続きに夢中になった。

五巻で、妊娠の発覚したマイアは腹の子の父親が誰かもわからぬまま王子ジギエスの妃となり、騎士ラティスに保護されたゾルデは、遙《はる》か東の地で、ジギエスの特徴を受け継いだ耳のある獣人の男児を産んだ。

六巻は、産気づいた愛しいマイアの手を握る、王子ジギエスの独白からはじまる。

彼は、いよいよ子供が生まれようかというときになって、ようやく自分のこれまでを顧みる。愛するマイアが苦しむ姿に心打たれ、ゾルデへ働いた蛮行を悔い、これからは生まれてくる子の規範となる、善き夫、善き父になるのだと心に誓う。

しかし、生まれてきた赤ん坊を見るなり、ジギエスはあっさりと誓いを覆し、出産という大仕事を終えたマイアに平手打ちを食らわせるほどに激昂《げきこう》した。

マイアが産んだ子供は双子だった。

耳を持つ女児と、尻尾を持つ男児が生まれたのだ。

ジギエスもマイアも、耳のある獣人だ。尻尾があるのは、今やすっかりゾルデが心を許す存在となった騎士ラティスだ。

(わぁ……ってことは、赤ちゃんはラティスの子供ってことかなぁ。子供たちはどうなっちゃうの……)

だが、結の推察を否定するようにジギエスは耳のある女児を我が子と認めた。

結は混乱しながらも、ジギエスの行動の理由を探すように物語を読み進めた。しかし、いくら進めても明確な記述はなく、結が読み取れたのは、獣人の国では双子が不義の証として認識されているということと、婚姻の誓いは決して破ってはならないものであり、離婚という制度が存在しないということだけだった。

耳のある姫がジギエスの子として大切に育てられる一方で、尻尾を持つ男児は明らかにジギエスの子ではないために、マイアとともに処分が下されるまで幽閉されることになる。

六巻の三分の一を読み終えた結は、次の章へ進むことも、ページを戻ることもできずにじっと文字を見つめていた。

頭の中で、いろんなものが繋《つな》がっていく。

王宮で見た二枚の肖像画。

父親と描かれていたアル。母親と描かれていたイル。

アルは両親の特徴を受け継いでいるが、イルはどちらにも似ていない。

ヘルドが言った『罪』とは、つまり――嫌な想像がどんどん膨らんで、緊張に渇いた喉がこくりと鳴った。

「……どこまで読んだ？」

「え？」

顔を跳ね上げた結の手元を、イルがじっと見つめていた。無意識にページの文字を隠そうと動いた結の手をそっと押し止めて、イルは文字を追う。

触れた手は温かく、ランプの炎は優しく瞬いている。彼を近くに感じているのに、さっきまでの高揚感は一切なかった。顔を上げたイルの口元に浮かぶどこか悲しげな笑みに、結の心は熱を失っていく。

「おまえ、さっきから全然進んでない。訊けばいいのに」

イルが何を訊けばいいと言っているのか察しがつかないはずがない。何とも思わないふりで疑問をぶつけるのが大人の対応なのか、知らないままでいいと無関心を装うのがイルのためになるのか、迷って黙り込んでしまった結に、彼は淡々と続ける。

「人間とか長耳族は違うって聞いたけど、獣人は、一人の父親の子供が二人同時に生まれてくることは、絶対ない。だから、子供が二人生まれてきた時点で、子供の父親は別ってこと」

「……絶対、なの？」

「そう。絶対」

頷いたイルに、結は言葉を失った。

獣人の双子は、父親が違う。

それが本当なら、イルと、アルは——

浮かんだ答えとそれを否定するいくつもの可能性。脳内から引きずり出される単語はしかし、勢いよく開いた結の口から何一つ押し出されぬままぼんやりと霧散していった。

自分の持っている性教育程度の知識をひけらかして可能性を提示することはできる。だが、それを伝えて、どうなる。結の持つ知識をこの世界で実証することもできなければ、人間とは異なる種族である獣人にあてはまるかどうかもわからないのに、無責任なことを言って彼が受け入れている事実を捻じ曲げようとするのは、自分のエゴでしかない。

唇を引き結び、じっと、結はイルが何か話してくれるのを待った。

何か、イルはまだ言いたいことを抱えている。それをきちんと聞くのが、今の自分にできることのすべてだ。

見つめ合ったまま、イルは視線を逸らそうとしない。オレンジ色のランプが揺れて、イルの透明感のある瞳が黄緑色に輝いた。

「……アルと俺は、父親が違う。皆知ってるし、母さんも認めてた。けど、アルはそれをすごく気にしてる。だから、この話は、アルにはしないで」

「……わかった」

「ありがとう」

ほっとした様子で、イルは笑う。

母親を『母さん』と呼ぶイルと、『彼女』と呼んだアル。

アルは、母親に複雑な感情を抱いているのだろう。イルはそれを知っているからこそ、結がアルに不用意に質問をぶつけて彼を傷付けてしまわないように、釘《くぎ》を刺したのだ。

それは、どんなに。

王宮に飾られた肖像画が正式な夫婦であることは間違いない。描かれていた金髪の男性がアルの父親ということは、イルの父親が不倫の相手ということになる。きっとヘルドのような心無い大人に、自分で選んだわけでもない出自についてあれこれ言われることも多々あっただろう。彼は、生まれたこと自体に引け目を感じさせられてきたのだ。

自らそれを受け入れて口にするには、どれだけの勇気が要っただろう。

これまでのやり取りの中で何度か目にした、アルに対して一歩下がったイルの態度の理由が、ようやくわかった気がした。だが、アルとイルの関係は気まずさだけではない。イルがアルに抱いているのはむしろ、肉親への愛情や、兄への尊敬。

長く言い出せなかった重大な秘密を打ち明けたような、清々しいイルの瞳を見れば、彼にとってこの話を持ち出すのがそれなりに大きな課題だったことは容易に知れて、それを乗り越えてでもアルを守りたいというイルの強い気持ちに触れた気がした。

自然と胸の内に生まれた気持ちをイルに伝えたかった。

これだけは言わなければならないと、自分の何かが背を押した。

「イル、ありがとう。話してくれて」

頷いたイルの目元に、これまでで見たどの瞬間よりやわらかな笑みが浮かぶ。

「アルには、言わないし、訊かない。イルにもそう。ご両親のことを知っても、これまでと何も変わらないよ。だって、誰がお父さんで、誰がお母さんでも、アルはアルだし、イルはイルだよ。二人に会えて、よかったって思ってる」

イルの顔から、微笑みがすうっと消えていく。

驚いたような、呆けたような見慣れない顔になったイルは、何も言わずにじっと結を見つめていた。呆然としたままの彼に、結は焦りを覚える。

何か、とんでもない失言をしたのかもしれない。いや、きっとしたんだ。間抜けで無神経なことを言ったに違いない。結は慌てて両手を胸の前で振って取り繕う。

「あっ、いや、ごめん。私みたいな部外者が何言ってんだって――」

とん、と額がイルの肩にぶつかり、彼の体温が結を包んだ。

（えっ……）

ランプの明かりが遮られた暗い視界。掌に感じるのはイルの胸板で、彼に抱き寄せられたのだと気付くと、心臓がこれまで経験したことのない速度を叩《たた》き出した。

思ったより広いイルの腕の中。彼の服の触り心地と、優しい匂い。自分の背中を押える手の大きさとか、布越しに伝わる体温や、女性とは違うふわっとしたところのない体の感触。

みるみるうちに全身が熱くなる。顔から火が出そうになって、結は自分でも驚くほど弱々しい声を発していた。

「イル……？」

背中に回されたイルの腕に、力がこもる。

「……ごめん、もうちょっと、このままでいさせて」

髪で隠れた耳にイルの唇の動きが伝わって、一瞬息が止まった。

「……ん……」

掌に伝わるイルの鼓動は、少し速い。けれど、それは結の心音よりずっと穏やかだ。彼に抱き寄せられたまま、結はぎゅっと目を瞑《つぶ》る。視覚を手放すと、より一層彼の存在を強く感じた。胸の内をくすぐるような甘い感覚がじわじわと広がっていく。気付けばそれは一気に心を染めていき、はっきりとした自覚となって結の脳へと伝わった。

（私、イルが……）

がたん、と派手な音と共に、冷たい空気が室内に流れ込む。

イルが結の肩を摑んで遠ざけたのはドアが開いたのとほぼ同時だったが、ドアを開けた人物は、二人をしばらく呆然と見つめていた。

体中から血の気が引いた。

アルの瞳が、そっと結とイルから逸らされる。

慌てて立ち上がったイルが「違う！」と言いかけたが、アルは片手でそれを制して、感情の読めない声で続けた。

「……すぐに、聖堂に来てほしい。確認をしてもらいたい」

ドアを支えるアルの向こうを、人影がいくつも通り過ぎていく。無言でぞろぞろと廊下を歩く人々に、ただならぬ異変を感じた。

イルが廊下へ飛び出すと、結も座っていられずにドアの側へ駆け寄った。

廊下を歩く獣人たちは、信徒ではない。服装は皆それぞれだが、彼らの表情は一様にして暗く、足取りは重い。列を成して歩く獣人たちは夫婦連れが大半のようで、寄り添いながら歩いている。

（何が起きたの……？）

アルは、結が廊下に出られるようにドアを大きく開いた。促されるようにして書庫から出ると、結の前を、大きなお腹に手を添えた女性が、夫であろう男性に支えられながら歩いていた。ざわりと、背筋を悪寒が這《は》い上がった。聖堂を目指してゆっくりと夜の廊下を進む人々。そのうちの女性たちは、皆、守るように腹部に手を添えていた。

じりじりと流れていく人の波から、年嵩《としかさ》の女性が結を認めて飛び出してくる。彼女は縋《すが》るように結の前に膝をつき、両手を組み合わせた。

「巫女様……！　どうか、娘と赤ん坊をお守りになってください……！」

人々は足を止め、彼らは口々に助けを乞うた。

「巫女様、私たちを助けてください」

「どうか、お早く伴侶をお決めになってください……！」

「我らを救ってください……！」

彼らの眼差しは結が怖いと感じるほどで、知らずじりと足が後ろに下がっていた。

「皆、夜も遅い。早く聖堂へ移動して、今日は休むといい」

そう言ってアルが、結に縋りつくようにしていた人々を促して先へと進ませる。

イルが振り返り、アルに短く伝えた。

「俺は、先に聖堂に」

「ルークがいるはずだ。経緯は彼から聞いてくれ」

「わかった」

イルが人の流れに紛れると、結は答えを求めてアルを見上げた。何が起きたの。視線で尋ねた結に、アルはゆっくりと口を開いた。

「呪いが、発動したのかもしれない」

第十章　覚悟の程は

聖堂には、多くの人たちが集まっていた。

これだけの人がいながら静まり返った聖堂内は異様な雰囲気で、ベンチに座る人々の看護にあたる白衣の獣人たちも、緊張した面持ちだった。結がこの世界で目覚めた場所は、今や神聖な聖堂ではなく、不安と混乱に支配された暗い牢獄《ろうごく》のようにさえ見える。

聖堂に入った結とアルは、ベンチに座る一組のカップルに話しかけているルークとイルに合流した。彼女の膨らんだお腹に、結の視線は吸い寄せられる。

呪いは、子が生まれなくなるというもの。

嫌な想像が背筋を這《は》い上がり、結はきつく拳を握りしめる。

ベンチの夫妻を見上げるようにしてしゃがむルークが、やわらかい口調で彼らに声をかけた。

「腹部の痣《あざ》を、皆にも確認してもらいたいんだ。見せてもらえる?」

夫妻は顔を見合わせ、妻のほうが小さく頷《うなず》いた。彼女の細い手が上着の裾を捲《めく》りあげると、彼らの愛しい子が宿る大きく膨らんだ腹部が露になる。

結は、密かに息を呑《の》んだ。

幸せの象徴であるかのような丸い腹部の中心に、黒い噛み痕がくっきりと浮かんでいる。実際の噛《か》み痕《あと》ではない。

結の腿《もも》にある巫女《みこ》の刻印と同じく、突如妊婦たちの腹部に現れたのだ。

（本当に、呪いが発動したの……？）

聖堂に着くまでに、アルから「呪いの発動の予兆とされる刻印が、現れたかもしれない」と説明を受けた。妊婦の腹部に現れた黒い噛み痕は、呪いの刻印として伝わる印に酷似しているという。

それが呪いの刻印かどうかを判断するのは、イルだそうだ。守護神マイアの息吹を感じ取れるイルならば、呪いについてもわかるかもしれないというのが理由だ。

夫妻と、結たちの視線は自然とイルに集まる。

だが、黒い刻印を見つめるイルは、口を閉ざしたまま反応を示さない。アルが小さく彼の名を呼ぶと、イルは目の前の夫妻から目を逸らし、静かに首を横に振った。

「あの、妻は、この子は、助かるんですよね？」

縋《すが》るような夫の問いかけは誰に向けたものでもなく、「わからない」なんて曖昧な答えを求めたものでもなかった。「助かる」と一言聞きたいと、彼の目にははっきりとした意志が浮かんでいる。それなのに、この場にいる誰もが口を閉ざしたまま、答えられない。

期日までに候補者の中から次の国王を選べば、呪いは発動しない。結はそう認識していた。違ったのだろうか。何か、自分が重大なミスをしでかしたせいで呪いが発動したのだろうか。急速に、結の内を黒い影が支配していく。

「巫女様が伴侶をお選びになれば、これは、消えますよね？　一時的なものでしょう？　きっと、選出の夜が明ければ、巫女様の刻印と同じように消えてしまいますよね？」

自らを励ますような笑顔で尋ねる身重の彼女に、結は何も答えることができない。

周囲を見渡す。聖堂に集まった、大勢の国民。若い夫婦や、子供連れの夫婦。その中には、ミーアとその母親もいる。

呪いが発動したのが、自分のせいだったら。

（どうしたら……）

経験したことのない恐怖と重圧に、結の体は小刻みに震える。その背中に、そっとアルの手が添えられた。折れるな、と言われたような力強さを感じた。

アルの声は決して大きくはなかったが、彼の声は聖堂によく響いた。

「かつてないことが起きている。原因がわからない今、曖昧な回答はできない。だが、一刻も早く解決できるよう最善を尽くすと誓う。だから君たちも、希望を棄てないでほしい」

どんよりと暗かった聖堂内に、希望の灯りが点ったようだった。

静まり返っていた聖堂内に、励まし合うようなざわめきが生まれる。

背に添えられたアルの手にこもる覚悟を、結は改めて強く感じた。

聖堂を出たアルたちは、短い打ち合わせをした。

「あれがよくないものなのは感じ取れたけど、呪いの刻印かどうかは、わからない」

イルは、妊婦の腹に出現した印を呪いの刻印と断定できなかったと伝えた。誰も見たことのない呪いの刻印の真偽がわからないのは当然のことで、誰も彼を責めなかった。

「よくないものだってわかっただけで、十分だよ」

そう言ったルークが、刻印が確認できている女性は、全員が妊娠中だと報告した。彼女たちにどのような変化が起こるかまったく想像がつかないことや、医師会の人手を考慮して、解決策が見つかるまで彼女たちを同じ場所に集めておきたいと主張した。アルもそれに賛同し、イルは神殿の空き部屋の解放を申し出て、受け入れの準備に人手を手配した。

原因がはっきりするまで、あの印は呪いの刻印と想定して動くことで方針は決まった。

妊婦たちのことは任せて、と言ったルークをその場に残し、結とアルとイルの三人は神殿の書庫へ戻ることとなった。原因究明のため、過去の記録を確認するのだ。

書庫には先客たちがいた。古紙を広げたテーブルを囲む彼らは、揃《そろ》いの黒いローブを纏《まと》う政治家たちだ。しかし、ヘルドや彼と一緒にいた面々はいない。

彼らは、結たちが書庫に入ると恭しく頭を垂れた。

アルに導かれ、結はつい先程まで座っていた椅子に腰を下ろす。アルとイルは座ろうとせず、黒服の男たちも立ったままで、彼らはすぐに話しはじめる。

「何かわかったことは？」

「いいえ。まだ何も……」

「このとおり、記録には『呪いの刻印は巫女の刻印と共存せず、巫女の刻印が有効である限り、呪いは発動しない』と残っておりますが……」

歯切れ悪くあとを濁した男が、ちら、と結を一瞥《いちべつ》する。

呪いの刻印と、巫女の刻印は共存しない。

妊婦の腹部に現れた黒い嚙み痕が呪いの刻印であることが濃厚なのだから、巫女の刻印がどうなったのか、それを知りたいということだろう。

気恥ずかしさはなく、事実を確認したい一心で結はスカートを少し捲り上げた。

結の腿に、巫女の刻印ははっきりと浮き出ている。

はじめて現物を目にする黒服の男たちが驚嘆の声をあげるなかで、アルが慌てて結の肩に手を置いた。

「ユ、ユイ！　ほら、もういいだろう。彼女は巫女だ。刻印の匂いも確かにするし、今見たとおり、巫女の刻印は残っている」

「しかしながら、巫女の刻印が残っているからこそ、何故呪いの刻印が現れたのか説明がつきません」

「巫女様がいながら、何故呪いの刻印が？　呪いの刻印は、呪いが発動する予兆となる、と記録されておりますぞ。つまり、呪いが発動する日が近いということではありませんか」

そっとスカートを戻しながら、結は頭上で飛び交う言葉を追った。結が責められている
わけでもないのに、心にはどんどん罪悪感が積もっていく。

呪いの刻印。その出現は、呪いが発動する前触れ。

だが、さっきの話では、巫女の刻印と呪いの刻印は共存しない。

矛盾。共存しないはずのものが、共存している。

その理由は何だ。

「記録にはこうもありますぞ。『発動した呪いは、十の夜を跨《また》ぎ定着する』と。つまり、
今宵を含めて十日後には――」

「やめて。……言葉にするのは、やめよう」

言葉を遮ったのはイルだった。古紙を見つめていた彼は、顔を上げて一同を見渡す。

瞳に宿る強い意志に、これまで騒めいていた男たちが口を閉ざした。

「あれが呪いの刻印だとしても、逆に考えれば、まだ九日ある。手は打てるはず」

「イル、何か考えがあるのか？」

「……わからない。けど、探す。何かあるはず。だから、探さないと……」

後半はほとんど自分に言い聞かせるような呟《つぶや》きで、それが聞こえたのは結とアルだけ
だったのかもしれない。中途半端に終わったアルとイルの会話を継いだのは、この場で一
番年上であろう白髪頭の男だった。

「まずは、巫女様に、選出の夜を終えていただくのがよろしいのではないでしょうか？」

「それで呪いの刻印が消えれば万々歳、消えなければ、我らの覚悟も決まりましょう」

「えっ……」

同調の色が濃くなっていく室内に、結は困惑した。

選出の夜の前に、あと二人、こなすべき予定が残っている。今すぐには無理だ。どこまで正直に打ち明けるべきか迷っていたそのとき、かたんとドアが開いた。

顔を覗《のぞ》かせたのはレイファスで、彼は室内の面々を見るなり呆《あき》れ顔になった。

「その様子では、原因はおろか可能性の一つも見えてこないというところですか」

見下した物言いに何人かが反論の声を上げたが、レイファスにはまるで響いていないようだった。室内に入ってきた彼は、周囲の男たちと同じく黒い衣装を着ているが、かっちりした印象はあまり受けない。下ろしっぱなしの髪のせいかもしれなかった。

レイファスの登場で、いくらか場に滞っていた悪い空気が入れ替わった。結は、自分の掌に爪が食い込んでいたことに気付き、痛みと嫌な汗でじっとり濡《ぬ》れた掌をスカートに擦り付ける。未だ緊張は続いているが、いくらか息苦しさは楽になった気がする。

テーブルを囲う輪の中に入ったレイファスは、アルとイルに視線を向けた。

「それで？　呪いの刻印の真偽はどうだったんです？」

「イルが確認したが、わからなかった。ただ、悪いものであるのは間違いないそうだ」

「なるほど。では、呪いの刻印と巫女の刻印が共存しているかもしれない、と」

「そうだ」

アルが答えた回答に、彼は面白くなさそうに眉を顰《しか》める。

レイファスの隣の男がおずおずと尋ねた。

「議会のほうは、どうなっているのですか？」

「ええ、ご想像のとおり、ヘルド殿がうるさく吠《ほ》えていますよ――今頃は、いかに国内の混乱を防いで説明をするのか、と喚いていることでしょう。疲れて黙るまで、吠えさせておきましょう」

男たちは苦々しい様子で頭を振っていた。

どうやらヘルドが煙たがられているらしいというのはわかったが、問題は何も解決していないし、呪いの刻印が現れたとなれば国内の混乱は避けようがない気がした。

「それにしても、呪いの刻印と巫女の刻印が共存するとは……いよいよアストールマイアは終焉《しゅうえん》を迎えるのかもしれませんね」

「レイファス！」

「なんということを！　巫女様が選出の夜を終えられれば、必ずやあの邪悪な刻印は消え去るはずだ！」

騒ぎ出した男たちとレイファスに非難の視線を向けるアルを、彼は片手で制した。

はいはい、とでも言いたげなぞんざいな態度は、国内のパワーバランスというより、レイファスの気の強さや神経の太さを表しているようで、結はははらはらして落ち着かない。

「刻印が共存している。その原因は何か。私は、三つの可能性があると考えています。一つ、『巫女と呪いの刻印が共存しない』という呪いの解釈そのものが間違っていた。二つ、呪いを抑えられないほどにマイアの守護が弱まっている。三つ、もとよりこの国を覆う呪いとは別の、第二の呪いがかけられた。他にも考えられなくはありませんが、有力なものは今挙げた三つでしょう――話を整理しましょう」

一度言葉を切ったレイファスは、興味なさそうにテーブルの上の古紙を眺めてから、イルに向かって言った。

「イル、マイアの守護の力が弱まれば、あなたにはそれがわかりますか？」

質問を受けたイルは、少し考えてから頷く。

「……程度による。けど、呪いを抑えられないまで守護の力が弱まってたら、巫女は現れないはず。だから、守護の力が弱まってるってことは、ないと思う」

「で、あれば、残る可能性は二つ。我々が信じてきた呪いの解釈に誤りがあるか、第二の呪いがかけられたか。前者なら選出の夜を越せば解決できるかもしれませんが、後者ならできることはありませんよ。少なくとも、我々には」

含みのある言い方に、結は眉を寄せた。

「我々には、ってことは、他の人なら何かできるかもしれないってこと？」

「長耳族なら、呪いをかけた当人を探すことくらいはできるかもしれませんね」

「――今すぐ使者を出そう」

「準備致します」

アルが下した決定に、三人の男たちが室内から飛び出していく。残された男たちは、固唾を飲んで結が選出の夜を迎えるための宣言を待っているようだった。

まだだ、あと二人。あと二人と、寝なければならない。

それを終えてからでなければ、結は選出の夜を迎えることはできない。全員と交わることなく一人を選んでも、呪いは発動する。

口を開きかけた結を遮って、イルが言った。

「そんなにすぐには、選出の夜の準備はできない。まだ何日かかかる」

「この事態ですから、通常の準備は省くというのは――」

今度はアルが首を横に振った。

「それはできない。彼女にとっては、とても大きな決断になる。ただでさえ我々は彼女に無理を強いているんだ。選出の夜は、彼女の善き日にしなければならない」

アルの主張に、準備を省けないかと提案した男は納得したように黙ってしまった。

今の話の流れに、結は多大な違和感を覚える。

あくまでも選出の夜は、この国にとっての大切な神事であって、結にとっての大切な日ではない。だが、今のアルの言い方では、どうやら準備が必要とされるのは、結にとっての大事な日となるからだという。

自分は一度寝た相手とセックスするだけだ。自分が選んだ相手が翌朝には王になる。そういうことではないのか。

（そんなに大袈裟《おおげさ》に考えなくても……って言ったら、ヤバい女だと思われるかな……）

危機迫った事態に自身の貞操観念が相当危ういところまで来ていると思いつつ、結は真剣に議論を交わす彼らを見上げる。

皆、自分のできることを必死にやっている。国の危機を救うために、一人一人の命を繋ぐために。

自分には、何ができるだろう。

守られて、庇《かば》われているのは気楽でいい。だが、本当にそれでいいのだろうか。腹部にあんな刻印が浮かんだら、どれほど不安だろう。腿に浮かんだ刻印でさえ結はぞっとしたのだ。ましてや呪いの刻印だ。そんなものが彼らの愛しい子の宿る腹にあると考えると、結は居ても立ってもいられなくなる。

聖堂にいた、ミーアとその母親。呪いが発動したら、ミーアに兄弟は生まれない。

（絶対になんとかしなきゃ……待ってるだけじゃダメだ。行動しないと……!!）

ぐっと奥歯を噛《か》み締めた結の隣に、イルがしゃがみ込んだ。

「大丈夫？　部屋戻って休む？」

「ううん。大丈夫……」

ついさっき自覚したばかりの浮ついた気持ちが首をもたげそうになる。

心配そうな顔で見つめられると、甘えた考えが湧き上がる。そうじゃない、と自分自身をきつく叱りつけた。甘い気持ちはいらない。必要なのは、あと二人と寝ること。そして、一人を選ぶこと。それだけだ。

アルには、時間さえとってもらえればいい。問題はイルだ。彼には、巫女の刻印の効果がない。できるかどうかは、彼次第になる。

期日は九日。ぎりぎりまで粘るわけにはいかない。例え彼がどんなに乗り気でなくとも、何とかして、一度。

それは自分にとっても、辛く惨めな記憶になるかもしれない。イルは、女としての自分を求めていないと結は確信していた。

好きな人が自分に欲情しないなんて、立ち直れないかもしれない。

でも、それはいずれ笑い話にできる。

アストールマイアが直面している危機は、笑い話には決してできない。命がかかっているのだから。自分が覚悟を決めたように、彼にも覚悟を決めてもらわなければ。

「イル、選出の夜の準備って、そんなに大変なものなの？」

「……別に、そんなにってわけじゃないけど」

「大袈裟な準備しないといけないわけじゃないんでしょ？　省けるんだよね？」

「……おまえ、何考えてる？」

「わかってるはず」

結の強い決意の浮かぶ瞳を、イルはじっと見つめていた。

小さく首を横に振るイルが、やめておけと言いたいのは伝わってくる。だが、自分にできることは巫女の務めを果たすことだ。考えを改めろ、と、イルの手が結の手に触れた。

結はその手を逆に摑《つか》み、きつく握る。

灰色がかった青の瞳を真っすぐ射貫く。

彼にだけ聞こえるように、そっと囁《ささや》いた。

「イル、三日以内に、私を抱いて」

「――っ」

「私は！」

名前を呼ぼうとしたイルを遮って、結は勢いよく立ち上がる。

膝の裏で押し出した椅子が後ろで転がったことも気に留めず、自分に集まる視線も真っ
向から受け止めて、結は一息に宣言した。

「四日後に、選出の夜を行います……！」

第十一章　王子様の××

ちゃぷんと湯に浸かると、心まで清められていく気がした。ほう、と息を吐き出しながら、結は湯煙で見えない湯殿の天井を仰ぐ。

昨夜、四日後に選出の夜を行うと宣言した。

突然の宣言にアルは戸惑ったようだったが、その場で反論はしなかった。

イルは思うところがあったようで、結の腕を摑《つか》んで何か言おうとしていたが、それはメリダの登場によって遮られてしまった。

書庫に現れたメリダは、その場にいた男性陣を鋭く睨《にら》みつけ、「こんな時間に女人を大勢で取り囲んで、恥をお知りなさい！」と怒鳴った。メリダのあまりの剣幕に、男たちはもごもごと口ごもり、結は誰にも引き留められることなくメリダによって部屋に連れ戻された。よって、結は「抱いて」と口走ったあと、イルと話せていない。

（目も合わせてくれなかったらどうしよう……絶対、引いてるよね……）

きっと、イルの目には、結はかなり危ない女に映っていることだろう。下着を見せたかと思えば今度は「抱いて」ときた、と。

溜息《ためいき》を吐いて、結は腿《もも》にしっかりと表れている刻印に、そっと指先で触れる。呪いの刻印が腹部に表れた妊婦たちのことを思うと、羞恥や迷いは抱くべきときでないと痛感する。

風呂からあがった結は、悩んだ末に一番色っぽく見えそうな黒の下着を身に付けた。暗い色の下着を透けさせないアイスグレーのニットに緑のフレアスカートを合わせる。ある意味、昨日より落ち着いた纏《まと》まりになった気がしたが、着替えようか迷ってスーツケースを漁っているうちに、メリダが朝食の迎えに来てしまった。

食堂に向かって歩きはじめると、彼女はじっとりとした目で結を振り返った。

「ユイ様、どうして昨晩おっしゃって下さらなかったのですか。選出の夜を四日後になさると、イル様より伺いました」

メリダに予定を伝えたということは、イルも三日以内に判定を済ませることに承諾してくれたのだろう。彼が感情のこもらない声で選出の夜の日程をメリダに伝える様子を思い浮かべて、結はわずかな寂しさを覚えた。

イルにとっては、義務感だけの一夜。自分にとっては、どうなるだろう。

ぎゅっと胸が軋《きし》み、陰った気持ちを吹き飛ばすように結は大きく頷《うなず》いた。

「あぁ、そう、急で申し訳ないんですけど、四日後に選出の夜をするって決めたんです。呪いの刻印がそれで消えるって確証もないし、妊婦さんたちだって不安だろうから、早いほうがいいかと思って」

「衣装はどうなさるおつもりですか⁉　まだお色もお決まりでないのに‼」

結にとってはどうだっていい衣装だが、この様子だとメリダには最重要事項の一つのようだ。結は口角を意識的に上げながら、言葉を選ぶ。

「いやぁ……切羽詰まった状況だし、衣装はもう、いいかなぁーって」

「『いいかなぁー』ではございません!! 一生に一度きりのことにございますよ!! 朝食の後、必ず、わたくしと衣装のお色を選んでいただきます。よろしいですね!?」

あまりの剣幕に結はびくりと肩を震わせて小さく「はい」と答えた。

一生に一度きりなんて大袈裟《おおげさ》な。だが、不用意な発言でこれ以上メリダに怒鳴られては堪らないので、口答えはしないでおこうと結は言葉を飲み込んだ。

いつもより騒がしい朝だった。

廊下を行き交う人は多く、それは食堂に近付くにつれて増えていく。

（そっか、昨日聖堂にいた人たちを神殿の部屋に受け入れるって言ってたから、それでバタついてるんだ）

小学校低学年くらいの男の子二人が結の横を駆けて食堂に駆け込んでいく。

微笑ましい気持ちで彼らを視線で追っていた結は、廊下の先に、特徴的な銀色の髪と、同じ毛色の獣人の耳を見つけた。

イルの姿を認めて、結の背筋はぴんと伸びる。

彼は、何人かの男と話していた。途切れ途切れに聴こえてくる会話の中から、結の耳は無意識にイルの声を掬《すく》い取ろうとする。真剣な表情に見入ってしまう。相手の話をじっと聞いているときの引き結ばれた唇。考えるとき、一瞬下を向く癖。そのときにできる睫《まつげ》の影。その影で、彼の瞳の色合いが深みを増す。綺麗《きれい》な青。

イルに見惚《みと》れていた結の視線に気付いたのか、彼は不意に顔を上げた。

(わあああ……!)

首が取れるかと思うほど高速で俯《うつむ》いた。まともに顔を合わせられないのは、結のほうだった。心臓がばくばくと暴れ出し、顔は燃えるように熱い。

(抱いてとか言った馬鹿誰だよぉ!)

こんな調子で、イルとできるのだろうか。

先行きが思いやられて、結はそっと息を吐いた。

「イル様?」

はっとして現実に引き戻される。

目の前の信徒が心配そうに眉を下げていた。

「大丈夫ですか?」

「ごめん、大丈夫。続けて」

「あの、少しお休みになられては? 夜通し働いていらっしゃいますが……」

「……いや、大丈夫」

結とメリダが食堂に入るのを見届けてから、イルはようやく信徒に向きなおる。耳で信徒の声を聞きながら、頭の片隅では昨夜からそこに居座る問題と対面していた。

四日後に選出の夜を迎えると宣言した彼女に、いつ伝えるか。

結は、選出の夜の本質的な意味を理解していない。

過去この地へ導かれた巫女《みこ》たちの反応から、その話をするのは巫女が候補者全員と関係を持ってからと決められている。だが、これほど短期間で決断を迫られた巫女はこれまでにいない。このまま慣例どおりに事を進めるわけにはいかない。それは、あまりにも酷な話だ。巫女の真の役割は、彼女の人生を大きく変えてしまうのだから。

彼女は反発するだろうか。

昨夜から皆が伴侶伴侶と口走る度に、イルは結が巫女の真の役割に気付いて取り乱すのではないかと肝を冷やしたが、彼女がその言葉に首を傾げることはなかった。それどころではなかったのだろう。

結は、受け入れられるのだろうか。彼女は――

『イル、三日以内に私を抱いて』

予期せず結の声が蘇《よみがえ》り、イルは顔の前でぶんぶんと腕を振った。ぎょっとした信徒が戸惑いの声をあげていたが、そんなことを気にしていられるほどの余裕はない。やるべき仕事も、考えるべきことも山積しているというのに、自分はまったく集中できていない。

頭に浮かぶのは、結のことばかりだった。

王宮はいつもより騒がしく、その理由を知っている結は急かされるような気分で書庫へ入った。隣室に人の気配を感じ取り、きっとアルはすぐに来ないだろうと一先ず読みかけの『マイアとゾルデ』を棚から引き出し、昨日と同じく寝椅子に腰を下ろす。

メリダ率いる女たちにさんざん振り回されて衣装選びを終えた結は心身ともに疲弊していたが、隣室の気配から察するに、自分よりアルのほうが疲れているはずだ。

今日、アルは時間を取れるだろうか。夜に出直すべきだろうか。

アルとは、できるだけいい初めてを迎えたい、と結は考えていた。

昨夜困難に立ち向かう覚悟を決め国民を勇気づけたアルを見て、国王に一番相応しい人はアルだと、結のなかでは確信にも近い答えが出ていた。

選出の夜、自分はきっとアルを選ぶ。

つまり、アルとは選出の夜にもう一度セックスすることになる。

そのために、一度目の行為は、できるだけいいものにしたい。

一方的な想いを抱いているイルとセックスしたあとに、自分がアルとできるのか、あまり自信はなかった。だから、アルとはできるだけ早い段階で決着をつけたい。

まったくアルの都合を考慮していない勝手な結の計画に、彼はどこまで付き合ってくれるだろうか。疲れているからまた後日、と断られてしまったら、先に、イルと？

（ぐちゃぐちゃ考えるのやめよう！　一人で考えても仕方ないんだし）

結は混乱した頭の中を一旦リセットし、それでも「呑気《のんき》に読書なんてしてる場合じゃないのに」と集中力を欠いたまま本の文字を追った。

読みかけの六巻が半分ほど終わった頃、アルが書庫にやってきた。結を見るなり、彼は心配そうな顔で足早に接近してくる。

「ユイ、君はまったく、なんてことを」

隣に座ったアルは、結の髪を撫《な》でて、そっと頬を包んだ。鮮やかな緑の瞳がいつもより不安げに結を捉えていた。

「どうして四日後に選出の夜を行うなんて宣言をしたんだ。君は、本当にそれでいいのか？」

この人は、本当に自分を心配してくれている。

伝わる想いに、結は一度ゆっくりと頷いてみせる。

「いいの。私も、アストールマイアに滅んで欲しくない。それに、きっとあの妊婦さんたちはすごく不安だと思うし、早く安心させてあげたい。選出の夜が明けて呪いの刻印が消えるかどうか、わからないけどね」

自嘲するように笑った結に、アルは感じ入ったように小さく頭を振った。

「きっと、選出の夜が明ければ呪いの刻印は消える。僕はそう信じる」

「うん、私もそう信じたい。ううん、信じる」

「君は本当に……現れた巫女が、君でよかった。ありがとう、ユイ」

同じ希望の光を見る二人の間には、昨日より強い絆《きずな》が生まれたような気がした。照れている場合ではない。言うなら今だ。

結は頬を包むアルの手に、自らの手を重ねてきゅっと握った。

「だからね、あの……今日、少しでいいから、時間を取ってほしいの」

「君のためなら、喜んで」

「……夜のほうが、いい？」

時間を取って何をするのか。察したアルの頬に、ほんのわずか赤みが差した。アルの瞳は情熱的な光を湛《たた》え、それは単なる情欲ではなくもっと純粋なものに見えて、結はまた胸の奥がちくりと痛むのを感じる。

早く、決着をつけてしまわないと。

羞恥心より焦りが勝り、結は消え入りそうな声で尋ねる。

「……それか、私は今でもいいんだけど……アルが、疲れてなかったら、だけど……！」

上目遣いにちらりとアルを見ると、彼の瞳が愛情深く自分を捉えていて、どきりとする。

頬を包むアルの手が、そのまま髪に差し入れられる。これからアルと最後までするのだと悟った結は、甘い視線から逃げるように目を伏せた。

「……ユイ、君が好きだよ。刻印の影響じゃなく、僕は、本当に君が好きだ。君を見ているだけで、疲れなんて、忘れるくらい。いつだって、君のすべてがほしいと、思ってしまうくらいに……」

　やわらかな温もりを唇に感じた。触れ合うだけでは物足りないというように、アルは結の唇を食み、湿った内側が擦れ合ってその摩擦が体に火をつけた。

「ん……」

　深い口付けに結も応える。腰や脇腹を走る手に刻印はちりちりと痛み、キスの合間に吐き出されるアルの劣情に染まった荒い息が、中途半端に高められた昨日の熱を引きずっているのだと結に知らしめて、秘処がじわりと疼《うず》いた。

「ユイ……」

　アルの手がニットの上から、結の小ぶりな胸を包む。決して強くはない力で、焦《じ》らすようにに中心を避けてやわやわと揉まれるうちに、結の双丘の先端はブラの下でもどかしげにつんと身を起こす。

「ユイ、好きだよ……」

　ゆっくりと結の体が傾き、背はぺたりと寝椅子の座面に押し付けられた。寄り添ったアルの下肢の一部が、硬く張り詰めていた。

　ざわざわする。感じているのに、どうしても、悪いことをしているような。その理由は追ってはならない気がして、結はぎゅっと目を閉じたまま体を這《は》うアルの手に意識を集中させる。胸に触れていた手が結の下へと向かっていき、するするとスカートがたくし上げられていく。

「昨日からずっと、頭から離れない……君の声も……君の恥じらう表情も……」

内腿に触れられて、結の体はぴくりと震えた。

「君の、ここも……」

「んっ……」

アルの手が悪戯《いたずら》にクロッチ部分の際を辿《たど》り、結の腰が揺れた。焦らされている。わかると余計に秘処が疼き、結は懇願するように目を開ける。視界に飛び込んできたアルは、切なげな顔をしていた。

情欲に悶《もだ》えた切なさではなかった。悲しげで、辛そうな、はじめて見る表情。

「アル……？」

「ユイ……今だけは、僕を見て……僕だけを感じてほしい……」

ショーツを避けて蜜を絡めとったアルの指がとぷりと中に沈み込んだ。あっさりと飲み込まれたアルの指は、昨日とは打って変わって激しく蜜道を掻《か》きまわす。

「あっ、あっあぁ……！」

「ユイ……そんなふうに声を出したら、誰かに聞かれてしまうよ……」

くちゅくちゅと水音を響かせながら、アルは容赦なく結の内側を攻め立ててくる。いいところを刺激されて、結は何も考えられなくなる。抑えきれない声を殺そうと口元に手をやり必死に耐えた。また誰かがやってくるかもしれない。誰かに声を聞かれるかもしれない。羞恥は却って感覚を研ぎ澄まし、背徳感に快感は更に高まっていく。

「んっ……ん、んっ……！」

「君は……いけない人だ……」

アルの声に混ざる剝き出しの本能に、首筋の毛が逆立った。

「こんなふうに、僕に乱されて……これから僕に、汚されるのに……」

「あぁっ……！」

体の側面に触れる屹立《きつりつ》した彼自身を感じて、結の体はまた小さく震える。もう声だって抑えられなくなっていた。

「君の愛らしい声を、誰にも聞かせたくない……！」

口元を押さえていた手が強引に払われ、結の唇はアルの唇によって完全に塞がれてしまう。くぐもった声と荒い息が混ざり合い、アルの激しい情欲に、自分が完全に呑み込まれたとはっきり感じる。

「んっ……んん、ぁ……！」

アルの指を奥へ奥へ飲み込もうと肉壁が蠢《うごめ》く。その隘路《あいろ》を掻《か》き乱される快感は結の中で暴れまわり、結の理性を溶かしていく。唇を塞いだまま、アルが結をきつく抱き寄せた。体だけでなく心まで引き寄せられたようで、果てる恐怖に抗っていた何かが弾けた。

「んっ、んっ……！」

彼の腕にしがみ付き、結は愉悦に身を投じる。淫猥《いんわい》な水音より、アルの高まった息のほうがずっと淫らな響きで結の耳を犯していく。求められている。口内で擦《こす》れる舌の感触。

唾液で滑った唇。結の内を掻き乱すアルの指。

「んっんっ、も、ぅ……！」

感覚が遮断された中で、一片の理性が控えめに隣室のドアを叩《たた》く音を拾い上げる。

「アル様？」

ぴたりとアルの手が止まった。

「アル様、私です。ミゲルです」

昨日の再現をするようにミゲルがドアの前で話しはじめる。

すうっと、さっきまでの激しさが嘘《うそ》のように、優しく結の中からアルの指が抜けた。とろりとした愛液が滴り落ちて、結は自分の内が焦りに冷えていくのを感じる。

アルはやめようとしている。

そしたら、また、一から？

「――資料をお持ちしました」

ミゲルの声に身を起こそうとしたアルに反射的に抱き着いた。耳元で、困惑したアルが「ユイ？」と小さく名を呼ぶ。

こんなことを何度も繰り返していられない。ミゲルには悪いが、出直してもらいたい。これを終わらせなければ選出の夜は迎えられないのだから。

心に広がる罪悪感から目を背け、羞恥心をかなぐり捨てて、結はアルの唇に自ら唇を押し当てた。彼がそうするように、下唇を軽く食む。

「ユイ……?」

「……アル、続けよう……?」

もう一度アルに触れるだけのキスをして、彼のズボンに手をかける。あるべき場所にファスナーがないことにはっとして、どうやって脱がせるのかという戸惑いを悟られぬよう、指先でそっといきり立ったそこに触れた。

「……今だけ……誰が来ても、止めないで……」

自分がとんでもない淫乱になり下がった気分だった。だが、アルは淫乱な結も嫌いではなかったらしい。

結の手を自身から遠ざけるとアルはそのまま結に覆いかぶさって激しく舌を絡めてきた。深く口付けながら、もどかしげにアルが動き、濡《ぬ》れそぼった蜜口に熱い熱があてがわれる。

来た、と、緊張は最高潮に達していた。

ミゲルが「あれ、いらっしゃらないのかな……」とわりと大きめの声で独り言ちていた。

声を漏らしてはいけない。

聞かれてしまう。ミゲルだって、聞きたくなんてないはず。

背徳感が繋《つな》ぎ止めていた理性は、しかし、実際に押し入ってきた剛直が媚肉《びにく》を擦りながら奥まで達する頃には、危うい快感になりはじめていた。

「っ……!」

ゆっくりと、アルが動きはじめる。荒い息が混ざり、ぎ、と寝椅子が軋む。

緩慢な動きに合わせて接合部からたつ水音は、聴覚からも結を犯し、結は唇を嚙《か》み締めて手で口を覆った。気付かれるかもしれない。その緊張感は極限まで五感を研ぎ澄まし、研ぎ澄まされた感覚は身を震わせる愉悦をもたらす。経験したことのない快感に、結は泣きそうになりながら身悶えた。

「どこへ行かれたんだろう……」

困った様子の呟《つぶや》きを残して、ミゲルが隣室から遠ざかって行く。

去って行く足音に合わせるように、一気に律動が加速した。

「ユイ……君は、っ……本当にいけない人だ……！」

アルの手が結の膝の裏を持って片膝を折り曲げる。

「あぁぁっ……！」

容赦なく腰を打ちつけるアルに、結は声を抑えきれなくなる。彼の楔《くさび》が結の内を削り取るようで、すぐ目前まで絶頂が迫っていた。

「こんな場所で……こんなことを……！」

「あっ、んんっ……！」

アルの手が結のニットを押し上げる。窓から射す陽に晒《さら》された結の白い肌と黒のブラに、アルがぴたりと動きを止めた。

「ユイ……君は、いつもこんなに、いやらしい下着を、つけているのかな……」

「今日、は、たまたまっ……んっ……」

結の言い訳を邪魔するように、ゆっくりとアルが動きだす。そこまで迫っていた絶頂を求めて結の腰が揺れると、アルは結の胸を両手で摑んだ。

「んっ……！」

小ぶりな二つの膨らみを包むブラが引き下げられる。彼は、じっと結を見下ろしていた。

「今日、君は、はじめから、僕を誘惑するつもりだったのか……」

意地悪な言葉とは裏腹にその声は優しい。緑の瞳にはとろけるような甘さとほんの少しの嗜虐心《しぎゃくしん》が混ざり合って見えた。

アルはゆっくりと腰を動かしながら、結の淡い胸の頂を緩く摘まみ、指の腹で捏《こ》ねるように転がしはじめる。

「あ、やぁ……！」

焦らされておかしくなりそうで、結はいやいやと首を振った。アルに腕を伸ばして、結は懇願するように彼を見上げる。

「も、だめ……いじわる、しないでっ……！」

「ユイ……君が愛しくてたまらないよ……」

再び覆いかぶさったアルが動きはじめて、結は待ちわびていた感覚に身を震わせる。ぎゅっと彼の服を摑んだまま、体を貫く振動に合わせて小さな嬌声《きょうせい》が室内に響いた。

「あっあぁっ……！」

「誰かに、聞かれてしまうよ……」

もう聞かれてもいいとさえ思ってしまう。気持ちが伝わったように一気に律動が加速して結は目も開けていられなくなる。迫ってくる波が、焦らされたぶんだけ高く大きくなって結を飲み込もうとしていた。

「あっ……んんっも、あぁ……！」

背を反らした結の体が跳ねる。びくん、と震えた後に脱力できたのは一瞬で、アルは絡みつく結の蜜道を貫く。

廊下を歩く人の気配にもアルは動きを止めず、結もやめてほしいとは思わなかった。止めないで、このまま、最後まで。このまま。

声を抑えながらも、背徳感とアルの欲望が結の内を食い荒らす。一層硬さを増した肉杭《にくくい》が奥を穿《うが》つと結は本能のままにアルの体にしがみ付いた。

「はっ……ぁ……！」

ぞくりとするほど色めいた声と共に、結の中で熱が吐き出される。どくどくとアルの脈動を感じて、結はほっとしていた。

終わったのだ、と。

「ユイ……好きだよ……」

「ん……」

アルを受け入れたまま、荒い息を整えながら繰り返されるキスに、満たされていく気が

した。急速に意識がぼんやりとしてきて、結は完全に脱力する。達成感と、心地よい余韻に浸っていたかった。

廊下を歩く気配が、近付いて来ていた。

「──それが、アル様はいらっしゃらないようでして」

「……部屋、探したの？」

廊下から聴こえてくる声に、結は凍り付く。アルもはっとして顔を上げた。

（イルだ──）

ミゲルとイルが隣室の戸を叩く。

「アル、ミゲルが探してる」

最初は嫌だったのに、今はイルらしいと思えるようになった乱暴なノックに、結の体は急速に熱を失っていく。

目を見開いて音のする廊下へ顔を向けた結を、アルはじっと見下ろしていた。その目に、冷たい炎が宿っている。

「ユイ……昨日、書庫で、イルといたね……」

「え……」

何故今そんな話をするのかと見上げた結は、唐突に抽送を再開したアルに首を横に振って自身の口を押える。結の内で、彼のそこは未だ硬さを失ってはいなかった。

今はやめて。二回目をはじめるなら、待って。結は必死に視線でそう訴えかける。

「誰が来ても、やめないでと言ったのは君なのに……イルは、例外だった……？」

結にだけ聞こえる囁《ささや》きに潜むのは、嫉妬。

身を焼くほどの嫉妬に支配されたように、アルは動きを止めようとはしない。結の愛液とアルの吐き出した欲望が混ざり合い、接合部からたつ音が派手に響く。アルの動きにあわせて軋む寝椅子、嫌でも刺激に反応してしまう結の喉、それらはすぐそこにいる彼らにも聞こえてしまうかもしれない。

いやいやと首を振る。やめてほしいと肩を押す。抵抗するほど、アルは動きを早めていく。

「――んっ……！」

「声を出したら、イルにも、聞こえてしまうよ……」

ノックの音が止み、ドアの外でイルとミゲルの話し声が聞こえてくる。

「……いないみたい。探してみるから、ミゲルはこれをレイファスに――」

早く行って。どこかへ行って。気付かないで。聞かないで。

結の願いを聞き入れるかのように、イルとミゲルの足音が遠ざかって行く。

二人の気配が完全に消えてしまえば、自分の内で動きを止めたアルを今すぐ排除したいほど嫌だとは思わない。それなのに、眦《まなじり》から零れた涙は髪を濡らし、口を押える手は小刻みに震えていた。

「ユイ……」

後悔の滲《にじ》む声。ゆっくりとアルが中から抜け去ると、結は彼と目も合わせられず、逃げるように書庫から飛び出した。

第十二章　××

冷たい。

寝返りをうった頰の下に感じたシーツの冷たさに、結は目を覚ました。

髪が濡《ぬ》れたままベッドに入ったせいで、シーツが湿っている。窓から射す夕日はどこか毒々しい赤色で、結はぼんやりとまた目を閉じる。

王宮の書庫から逃げるように神殿の自室に戻った結は、アルとの記憶からも逃げるように風呂に入って眠った。

どうしてあんなことを、という気持ちはある。しかし、それでもアルに対する拒否感は湧いてこない。それよりもっと大きく心の中で渦巻く感情は、アルに抱かれているときでさえイルを想っていた自分への嫌悪だった。

黒いスウェットの、伸びてだれだれになった袖口を握り込みながら、結はうつ伏せになって息を止める。

いつもより控えめだけれど、十分荒っぽいノックが鼓膜を震わせても、起きる気にはなれなかった。

イルは、結とアルに気付いていただろうか。「いないみたい」と言っていたが、本当に気付かなかったのだろうか。

ばんばんとドアが叩《たた》かれていた音が止むと、急に寂しさが押し寄せてきた。ドア越しの距離を、ひどく遠く感じる。話したいのに、話せない。顔を見たいのに、見られたくない。

「……寝てる？」

ドアの向こうから掛けられた声に、胸が痛くなる。

自分が好きな人は、イルなんだと痛感する。狸寝入《たぬきねい》りを決め込むつもりだったのに、結は返事をしてしまった。

「……起きてる」

「……入っていい？」

「だめ、今はだめ。着替えるから待って」

無断で部屋に入って来る気配はない。

結はのろのろとベッドから這《は》い出ると、たるんだ気持ちを表すに相応しい着古した紫のニットワンピに着替えた。下着が見えないように、きちんと下にキャミソールを装備するのは忘れなかった。寝癖でくしゃくしゃになった髪を軽く梳《と》かしたが、泣き腫らした目はどうしようもないかと溜息《ためいき》を吐いてから、結はドアを開ける。

俯《うつむ》いたままドアを開けた結に、イルはたじろいだようだった。

「……どっか悪い？」

「ううん。ちょっと……まだ眠いだけ。もう夕食？」

「話があって……今いい？」

できれば、今はイルと話したくない。

ましてやセックスなんて絶対できない。

イルの態度はいつもと変わらない。もしかしたら、イルは王宮の書庫でアルと結が密かに絡み合っていたことに気付いていなかったのかもしれない。それでもつい数時間前に、彼の兄に抱かれたのだと思うと顔も見られなかった。

「話って、急ぎの話？　今じゃないとだめ？」

「……おまえ、どうしたの？」

イルが少し屈んで結の顔を覗《のぞ》き込んだ。

灰色がかった青の瞳が結を捉える。心配そうに、彼の双眸《そうぼう》が揺れていた。結の心の奥底まで見透かしてしまいそうな視線に、胸の奥が微かに軋《きし》む。

結の頬に、冷たいイルの指先が触れた。

体中に電気が走ったように、甘い痺《しび》れが広がっていく。

イルの指先が、繊細な動きでそっと結の下瞼《まぶた》を辿《たど》る。

「……泣いてた？」

泣いていたと認めれば、イルに甘えたくなってしまいそうで、結は唇を引き結んで首を横に振った。

大きく二歩、部屋の中へ後退した結の頬からイルの手が遠ざかる。胸を刺すような寂しさを覚えながら、結は俯いたまま「どうぞ」とイルを室内に招いた。ドアを閉めた結がイルを追い抜いてソファーに座ると、彼も隣に腰を下ろした。

「……話って？」

「……あんまり、いい話じゃない」

話があるから来たはずのイルは、あまり乗り気ではないようだった。

「でも、私に話さないといけない件だから、来たんでしょ？」

「そう」

何の話だろう。結の中では様々な『よくない話』が浮かんでは消えた。沈黙を埋めるように、廊下で子供たちのはしゃぐ声が聞こえてきた。母親が、すぐに「巫女《みこ》様のお部屋の側で騒いではだめよ」と子供たちを退散させる。光景が容易に想像できて、結の頬は自然と緊張から緩んでいく。

何かしらの決心をしたような、イルの息が聞こえてきた。

「選出の夜、誰を選ぶか、決めた？」

イルは今、神殿の管理者としてここに来ているのだ。選出の夜に向けて、これまで心の中に積み上げてきた疑問を、いよいよ取り崩して整理するときなのだと、結は悟った。

「……ねぇ、イル、訊《き》いてもいい？」

「なに？」

選出の夜に、一人を選ぶ。候補者から選ぶその人が、国王になる。

候補者の繁殖力を見定めるために異世界から呼び出される巫女。

候補者たちとやるべきことはやった。まだイルが残っているが、イルは自分が国王になりたいのではなく、アルに国王になってほしいと思っている。

それを踏まえて考えれば、実質的な候補者は四人となり、その四人には子孫を残せる繁殖力を全員が持っていると結は判断した。

「……繁殖力を見定めて、巫女が選んだ相手が国王になるんだよね。だから、例えば、仮に、全員繁殖力に問題がないとしたら、やっぱり最終的には、一番国王に相応しい人を選ぶってことでいいんだよね？」

イルは一瞬言いよどんだ。

しばらく答えが返ってこないことに不安になりはじめた結が顔を上げると、イルは険しい顔で一点を見つめていた。

「……国民は、それを望んでると思う。けど、実際は、おまえが先々、その相手とやっていけるかどうかが、たぶん一番大事なこと」

「先々？」

「そう。ユイ、先に言っとく。ずっと黙っててごめん」

体を結に向けて、イルは結の両肩をぐっと摑《つか》んだ。

「巫女は、選出の夜に伴侶を選ぶ。おまえには、伴侶の姫を産んでもらうことになる」

「……え？」

（……ちょっと、何言ってるかわからないんだけど……？）

結の眉間に皺《しわ》が刻まれると、イルも険しい顔で続けた。

「この国にかけられた呪いは複雑で、いくつかの制約がある。その中でも一番厄介なのが、王位を、王子が継げないってこと。だから、女王に姫なき場合は、外部の女性に一時的に王位を託す。それが巫女」

なんだか突然難しい話をされている、というのが結の感想だった。

ときめきモードだった頭の中を仕事モードに切り替えるのに、十秒ほど必要だった。結が頭を切り替えて、イルの言葉を飲み込むまで、彼は辛抱強く待っていた。

結は首を傾げる。

王子は王位を継げない。その話はアストールマイアへ来たその日に、アルから聞いた。聞いていないのはその先だ。

女王に娘がいない場合、一時的に王位を預かるのは、巫女。

「だったら、私が今、一時的に女王様？」

「そう。でも、あくまでも一時的な話。呪いの制約で、巫女が王位を預かることができるのは、月が満ちるまで。その間に、巫女は国民が選んだ四人の中から伴侶を選ぶ。婚姻によって、伴侶に王位を託すために」

「……婚姻？　今、婚姻って言った？」

「言った」

　一気に総毛だった。

「婚姻って結婚するってこと⁉　私が⁉」

「そう。でも、巫女にはもう一つ役割があって、後継者を残してもらうことになる。だから、つまり、伴侶との間に、姫を――」

「姫⁉」

「高確率で、選出の夜にできる。マイアの守護の力によって。でも、できない場合もあるから、そのときは、繁殖力で……」

「繁殖力……‼」

　頭が爆発しそうだった。

　結は一度天井を仰ぎ、その場にぱたりと倒れ込んだ。首がおかしな角度で曲がっていたがどうでもよかった。両手で顔を覆い、低く唸《うな》りながら意味もなく首を横に振ってみる。おかしいと思っていた。些細《ささい》な違和感は何度も感じていたのだ。

　衣装衣装と口うるさくこだわるメリダ。国王を選べと言わず、伴侶を選べという国民と政治家たち。

　何より、自分をこの世界に導いたあの白い猫耳女――マイアの言葉。

　マイアは「愛する人を選べ」と言っていた。セックスが強い男でも、政治的に優れた男でもなく、愛する男を一人選べと。

「はあぁ……」

騙《だま》された。そんな気分だ。

おかしいと思いながらも疑問をそのまま放置してきた自分にも責任はある。それは認めるが、もっと早くに教えて欲しかったというのが本音だ。

「……もっと早く言ってよ……」

「ごめん」

「はあぁー……」

マイアは、随分と厄介な役割を結に押し付けてくれたらしい。

確かにあの夜、自分はどうしようもないくらい結婚と子供に執着していた。男に求められることも渇望していただろう。啓介が選んだ女が、とことん妬ましかった。

あの夜望んでいたものすべてが手に入るのに、嬉《うれ》しくないのは何故だろう。

突きつけられた事実を、そう易々と呑《の》み込めそうにない。流し込むために、結は自分の唯一無二の友を求めた。黙って何もかもを受け入れさせてくれるもの。

「……お酒……アルコールが必要……」

「酒？」

繰り返したイルに、結はようやく目を開ける。

何か考えているイルを見て、望んでいたものがすべて手に入っても、今自分が一番ほしいものは、もうそれではないのだと気が付いた。

ぼんやりとイルを見つめていた結に、彼は少し笑って、立ち上がって手を差し出す。結がのろのろとした動きで重ねた手は、イルの手の中にすっぽりと握り込まれてしまった。

意外なほどの力強さで結をソファーから立ち上がらせると、イルはしっかり手を繋《つな》いだまま、結を夜の廊下へ連れ出した。


いったい手元の酒が何杯目かもわからなくなっている結は、相当酔いが回っていると自覚しながらも、大袈裟《おおげさ》な身振りでマイアとの夜のことを語っていた。

「――で、その白い猫耳の付いた女に、わけわかんないこと言われて、気付いたらここだったの！　わかった？　私ね、誘拐されたようなもんなの。わかった？」

若干呂律の怪しい結の隣で、イルは壁に背を預けたまま片頬で笑う。

「……わかった。おまえは、間抜け。それに、馬鹿がつくくらいの、お人好し」

イルが結を案内したのは、食堂の裏手にある食糧庫のような半地下の部屋で、そこには結の背丈ほどもある巨大な酒樽《さかだる》が三つ鎮座していた。イルは結を酒樽と壁の隙間に誘い込み、そこに置かれていた木箱の中から大判の布やら木製のカップやらを取り出して、狭い秘密基地のような空間で二人肩を並べての酒盛りがはじまった。

酒樽の中身は赤ワインに似た酒だった。ほどよく甘く、それでいてさっぱりしていて、「いくらでも飲んでしまいそう」と可愛らしいことを言っていられたのは最初だけで、結はそれを実行してしまっていた。

食糧庫の備蓄をつまみに頂きながら、ここがイルの父親の秘密の酒場だったことや、結が美味しいと気に入って食べているサラミ風の干し肉は実は結構な高級品であることなどにはじまり、酒が進み、結の頭の中から『結婚』と『出産』の二つが消える頃には、結はイルに尋ねられるままに、元の世界での仕事や私生活を赤裸々に語っていた。

社内ヘルプデスクの仕事はどうやってもイルには伝わらず、結は彼の中で「呪術師」で定着したらしい。社内でもシステム部はそんな扱いだったので、気にはならなかった。

それより、マイアとの出会いを話すうえで啓介との別れは避けて通れず、不本意ながらも酒の勢いで現在の意中の相手に昔の男の話まで披露してしまった。イルは冷ややかな表情でそれを聞いて、彼自身も酔いが回っていつもより切れ味を増した物言いで返ってきたのが「間抜けで馬鹿なお人好し」である。

ふん、と鼻息も荒くカップの酒を一気に呷《あお》る。勢いをそのままに、結は何度もそうしてきたように空になったカップをイルに押し付けた。

「おかわり！」

「え……まだ飲むの？」

「これくらいじゃ、全然、割に合わないんだからね……」

目の据わった結に、イルは苦笑してカップを受け取った。なみなみ酒の満たされたカップを渡されるときに手が触れる度、結の酔いは、少し醒める。

イルと手が触れただけで、自分は幸せな気持ちになれる。

デートという雰囲気はまるでないけれど、二人きりの思い出がまた一つ増えて、嬉しいとも思う。けれど、その喜びや思い出は同時に結を苦しめる。

イルを好きな気持ちも、彼にもっと触れたいという思いも、選出の夜までに区切りをつけなければならない。

イルは国王に、アルを推している。自らが王になりたいとは、思っていない。結を求めてもいない。だから、選出の夜に選ぶ相手はイルであってはいけない。

アルが結を許してくれるかはわからないが、その可能性はイルが自分を好きになってくれるより、ずっと高いと結は思う。

問題は、自分が抱える気持ち。

アストールマイアの未来と引き換えに、自分は、好きな人の兄と結婚して、子供を産むことになる。

考えれば考えるほど、あれだけ明確な覚悟として存在していた「選出の夜を迎える」という思いはぼんやりとしていく。

決心が揺らいでしまいそうだった。

「……ユイ？」

カップを受け取ったまま固まっていた結を、イルが覗き込む。心配そうな目で見られると、勘違いしてしまいそうになる。もしかして、と。そうだったらいいな、と。甘い期待は、いらないのに。

「眠い？　気持ち悪い？」

「……ううん。ちょっと、考えてただけ」

できるだけ明るく答えてみたものの、酔いはすっかり醒めてしまってさっきまでの勢いは萎びていた。もう一度ハイになれるほど泥酔できる気もしなくて、結はだらんと壁に背を預ける。

「ねぇ、イル。訊いていい？」

「なに？」

「イルは、どうしてアルに王になってほしいの？」

想像や憶測ではなく、イルの言葉で語られる納得できる理由が欲しかった。

淡い恋心を棄てるに相応しい理由。それがあればきっと、この想いより、自分はアストールマイアの未来を選べる気がした。

「……アルは、努力してきた。皆も、それを知ってる」

言い終えたイルは、カップの中身を一気に飲み干す。

上下する喉。咄嗟《とっさ》にイルから目を逸らした。

「それだけ？　王様になってほしい理由が、努力してきた、って説明だけなの？　納得できないなぁ」

「……足りない？」

「足りない。ちゃんと、もっと知りたい。だって、アルに王になってほしいってことは、イルは私に、アルと結婚して子供を――」

結の唇に、ぴたりと温もりが押し当てられた。

指。イルの指先が、結の唇を塞いでいた。

夜の静寂の中で、唇に触れるイルの指を熱く感じた。

「……その話は、やめよう。今話しても、お互い言わなくていいこと言うだけ」

結の唇を、イルの指先が辿っていく。ただ触れるだけではなく、感触を確かめるように。

触れられた皮膚の内側がじんじん疼《うず》いて、甘い痺れが広がっていく。いつもより熱っぽいイルの瞳が、じっと結を捉えて離さない。

時が止まった気がした。喉の奥がぎゅうっと閉ざされていき、切なく軋む心臓を鷲摑《わしづか》みにする視線に、耐え切れなくなる。

こんな痛みは、もういらない。

この気持ちを、終わりにしたい。

衝動が結の背中を押した。

唇に触れたイルの手を摑んで遠ざけて、膝をついて伸び上がった。

結の唇が、イルのそれに触れる。重なった体温を実感するより早く、イルの手が結の肩を摑んで体を引き離した。

「ユイ――！」

押し止める力は結を気遣ってそう強くない。強引にもう一度イルの唇を捉えた。下から掬《すく》い上げるようにして触れた彼の下唇を、自身の唇で挟み込む。唇の間に感じるやわらかなそれを緩く吸って、離れて、また初めから。イルの頬に手を添えて、角度を変えて、今度は上唇に。結の唇がイルのそれを濡らして、小さく、ちゅ、と音がした。

熱い息が混ざり合った。

一方的にキスをしていた結の唇を、イルが優しく啄《ついば》む。

返された口付けに、大きく鼓動が高鳴った。

結の肩を摑んでいた手がうなじに差し入れられ、結は小さく身を震わせる。濡れた、やわらかな部分が触れ合って、ぴちゃ、と音をたてる。心も体も、満たされていく。キスをしているだけなのに、甘い痺れは膝まで震わせ、結は夢を見ているようにぼんやりする。

互いに互いの唇を求め合い、味わうように何度も唇を重ねて、吸って、食んで、舌で辿った。合間に艶めいた吐息を零した結の頬を、イルの手が包んだ。

ちゅ、と、じゃれるようなキスを最後に、結の唇から、彼のそれが離れていく。

「……ごめん。俺が悪かった。もう、やめよう。おまえ、酔ってる。たぶん、何してるかわかってない」

「わかってるよ」

囁《ささや》くように答えた結は、またイルに口付ける。結の肩が摑まれて、先程より強い力で、イルの体温から結の体は強引に遠ざけられた。

「おまえと、こんなふうにしたくない。酒の、勢いなんかで……」

感情的に吐き出されたイルの言葉が心に刺さる。

わかっている。酒の勢いだ。自分の行動も、イルが、キスを返してくれたことも。それだって、結にとっては勇気のいることだった。

イルが酔っているとわかっていても、返ってきた甘いキスが、結は嬉しかった。それなのに、感じていたのは自分だけだと、はっきりと突きつけられた気がした。

指摘された事実は悲しみと悔しさを増幅させて、胸の奥を食い荒らし、何の躊躇《ためら》いもなく結の口から怒りとなって飛び出してしまう。

「したくないって、なにそれ……」

堰《せき》を切ったように言葉が溢《あふ》れた。

「そうだよ、酔ってるよ。酔ってなきゃできないことしてるよ。酔ってるからできるんだよ！　そんなの自分が一番わかってるよ！　なんでしたくないとかはっきり言うの⁉　言わなくていいでしょ⁉」

つんと鼻の奥が痛んで、捌《さば》ききれない感情を吐き出すかのように涙が溢れた。

「わかってるよ、イルには刻印の効果ないんだし、そりゃ私としたいなんて思えないんだろうけど、しなきゃいけないってイルだってわかってるでしょ⁉　私は、もう自分の気持ちに区切りつけたいの、でないと心決まらないの！　イルが好きだから‼」

「おまえっ！」

体が傾いだ。背に床の冷たさを感じながら、結は真上から自分を見下ろすイルの両手の間に閉じ込められる。鋭い視線に潜むぎらついた男の一面と、自分を閉じ込め制圧する体に、声も出ない。

「なんで、そういうこと言うかな……俺の決心が鈍るだろうが！」

苦しげに歪《ゆが》んだイルの表情は、結の心を掻《か》き乱す。

「俺は、アルのために生きるって決めたんだ！　俺が大事にしたいのはアルなのに、なのに……俺は、おまえのことばっかり考えてる……！」

乱暴に唇が押し当てられて、イルの舌が割って入って来る。

言葉の意味を問う余裕はなかった。生暖かい舌が口内を犯し、それを待ちわびていたように、覆いかぶさるイルに抱き着いて結も必死に応える。どちらのものともつかない唾液で濡れた唇が滑る度、結の心は赤く染まっていく。触れ合う唇と、絡む舌、肌をくすぐるイルの髪さえ愛しくて、もっと彼に触れてほしいと感じた。

少しも離れたくなくて、唇を合わせたまま、結は熱い吐息に言葉を乗せる。

「……イル、して……今、ここで……！　おねが……っ……」

返答の代わりに口内へ入り込んだイルの舌がやわらかく結の舌を絡めとる。擦れ合った舌が離れると、軽く吸われた唇に歯を立てられた。甘い痛みにぴくりと反応した結の腰に、イルの手が触れる。体の側面を走る手を大きく感じて、下肢をじりじりと痺れさせていた快感が結の腰の内へと集まり、子宮をきゅう、と疼かせる。

初めて向けられるイルの情欲にあてられて、結の全身は火照っていく。

「っ……はぁ……」

息つく間もなく、互いの唇を貪り合う。腰から下肢へ走った手の温もりにじわりと内から熱い蜜が滲《にじ》んだ。ワンピースの裾をイルの手が捲《めく》り上げる。腿《もも》に直接触れられただけで、結は鼻にかかった声を漏らした。

ワンピースの中に滑り込んでくる手が、腹部で遊ぶキャミソールの裾をも捉えて、結の脇腹を這い上がる。舌を絡めたまま、結は喉の奥を鳴らした。胸に到達したイルの手は、ブラに包まれた結の小ぶりな胸に触れてそっとそれを掌で包む。小さい胸だとがっかりしたかな、と湧き上がった不安は、強引にブラを胸の上に押し上げられることで塵《ちり》と消えた。ブラのアンダー部分が結の慎ましい双丘を圧迫し、その刺激が先端をつんと上向かせる。

「あっ……、んっぁ……」

主張する突起を転がすように胸全体を揉《も》まれると、秘処が早くと疼きだす。イルの足に挟まれたまま、結は内腿を擦り合わせた。腿と腿が擦れて蜜道が圧迫される度、溢れ出した蜜がじっとりとショーツを湿らせていく。

「はっ、あ……っ……！」

双丘の頂を指先で押し潰されて、結は小さく身震いする。過敏に反応し、腰を揺らす結の足を、イルが体で割って開かせた。イルの手は迷うことなく結の内腿へ走る。クロッチ部分の湿り気に触れて、彼は小さく「こんな……」と零し、イルの声にいつもと違う低い響きを感じ取って、結のそこはまた淫らな垂涎《よだれ》を滴らせた。

ショーツを避けて、イルの指が蜜を絡めとる。ぷくりと身を起こした赤い粒をくすぐる手付きと、啄むように繰り返されるキスに、結の体は更に熱くなっていく。

「あっ……あぁ……っ」

「おまえ……、全部やわらかい……」

恍惚《こうこつ》とした彼の声。

今、自分に触れているのがイルだと思うだけで、恥ずかしさでどうにかなってしまいそうなのに、嬉しくてたまらない。

もう待てなかった。早く彼自身を感じたいと、結は潤んだ目でイルを見上げた。

「も、だめ……イル……して……?」

イルの眉間に皺が寄る。否定的な言葉は何一つ聞きたくなくて、反論しかけたイルの唇を奪う。彼は荒い息を吐き出して結の蜜道へと指を沈めた。くちゅくちゅと音をたてて中を掻き乱され、結は自分からはじめたキスを続けられなくなる。

「あっ、あっあぁ……!」

寄り添ったイルの体にしがみ付く。足先まで力が入り、結は悶《もだ》えながら抑えきれない高い声をあげた。暗い食糧庫内で、結の嬌声《きょうせい》と淫靡《いんび》な水音が反響する。とめどなく溢れてくる愛液はショーツを濡らし、いいところを確実に狙って蠢《うごめ》くイルの指に、波は高まっていく。全身が熱く火照り、結の頬や襟ぐりから覗く肌もうっすらと赤みを帯びていた。

「あ……っ、あっあぁ！」

密着したイルの体に硬い部位を感じて、結は満たされた気持ちになる。感じているのは自分だけではないと、ほしいと思っているのは自分だけではないのだと、喜びは快感とともに結を押し上げていく。

極限まで高められた感度が、結の全身の毛を逆立たせた。

「あぁっ……‼」

絶頂に身を反らした結の中が収縮し、がくりと体から力が抜けた。するりと下着が下ろされていく感覚は熱を帯びた肌を鈍く伝わり、真上から甘い口付けが何度も落とされる心地よさが結をとろけさせる。気持ちよすぎて、ぼうっとする。急いていた気持ちが落ち着いたのはほんの一瞬で、足を開かされると、結の花芯は彼を受け入れようと甘く疼く。

「ユイ……挿れるから……」

あてがわれた硬いそこがぬるついた結の蜜口を優しく押し広げて、中へと進んでくる。進んで、少し退いて。ゆっくり奥へ進む彼の剛直が、結の隘路《あいろ》を埋め尽くした。稲妻が体を駆け抜けたように全身が騒《ざわ》めき、媚肉《びにく》が内に飲み込んだイルのそこに絡みつく。彼の吐き出した熱い吐息が、結の肌を撫《な》でた。

「あぁっ……！」

自分の中が、イルで満たされているとわかる。内に硬い肉杭《にくくい》を感じるだけで、結の体は愉悦に溺れる。入っているだけで、繋がっているだけで、気持ちいい。激しく全身を貪りつくす肉欲よりも、もっと深く感じていた。

最奥にぴたりと押し当てたまま、イルは動こうとせず、快感に苦しむ結を見つめた。彼の手が、結の髪をそっと撫でる。

「ユイ……」

名前を呼んで髪を撫でられるとそれだけで心が満たされて、また結の内はきゅう、と彼を締め付ける。一瞬苦しげに眉を歪めたイルは、ゆっくりと、結の一番奥を押し上げるように動きはじめる。体の奥を抉《えぐ》られるようで、切ない痺れが腰に走り、結は泣くように喘《あえ》ぎながらイルに縋《すが》りついた。

「あ……はぁっ……あ、あぁぁ……！」

「ユイ……」

「あぁっ……イル……！」

「ユイ……」

手を伸ばした結をぎゅうっと抱き寄せて、深くまで届く楔《くさび》は徐々に速度をあげながら結の内を抉っていく。接合部から淫らにたつ水音が響いていたが、それは結の耳には届かない。荒いイルの息遣いと、衣擦れの音が結の聴覚を犯していた。熱い息に混ざって時折自分を呼ぶ声に、結の内は彼に絡みついていく。

もっと奥まで感じたくて、結の腰は求めるままに上がり、イルが片手でそれを支えるように添えられる。擦れる角度は微妙に変化し、さっきより鋭い快感が結を貫いた。

「あっ、んっあぁ……！」

体が火照って汗ばんでいく。すべての感覚はイルを感じるためだけに機能して、他の一切から結を隔絶していた。与えられるキスに溺れても声は止まらず、結の髪はくしゃりと冷たい床の上で乱れていた。

身の内を削り取るような抽送と、打ちつけられる腰。溢れた蜜でぬるついた接合部を刺激する激しい快感に追い立てられて、結はきつくイルに抱き着く。きゅうきゅうと絡みつく結の中で、彼のそこが反発するように硬さを増した。

「ユイ……おまえが……」

掠《かす》れた語尾に、「好き」と続いた気がした。

「あぁっ、イル、も、っんっ……あぁっ！」

全身に力が入り、瞼の奥で光が弾ける。結の白い肌が一瞬で紅潮し、強張った体からぐったりと力が抜けると、イルは優しく結の髪を撫でた。ぼんやりと目を開いた結の視界に、いつもより切羽詰まったイルの表情が映る。

一度深く口付けてから、達して敏感になった結の内を肉杭が蹂躙《じゅうりん》する。泣くように喘ぐ結をきつく抱き締めて、欲望を吐き出そうと腰を打ちつけてくるイルの雄の一面に、結の背筋をぞくりと快感が走り抜けた。

さっきより激しい抽送に結は夢中で声をあげ、我を忘れて乱れていく。密着したイルの

匂い。肌の熱。息遣い。さらさらした髪も、しっかりと自分を抱きとめる腕も。すべてが愛しくて、結の中は妖しく蠢きイルを搾り取ろうとした。

「……っ……もっ、くっ……！」

「あっあぁ……！」

荒い息とともに結の中で吐き出された熱がじわりと広がっていく。幸福感が痺れた足先まで染み入って、結の体は完全に脱力した。力は入らないけれど、まだ離れたくなくて、イルの手に触れる。その手が、すぐにぎゅっと握り返される。

一つになったまま、乱れた呼吸を絡ませるように優しいキスがもたらされて、結はようやく、掠れたイルの声が紡いだ二文字を信じていいのだと感じた。


自分を背後からしっかり抱きとめる腕に安心しきって、結はイルの胸に体を預けていた。温かい腕に包まれて、ちびちびと酒を飲む結に、イルは苦笑する。

「そんなに飲む人、初めて見た」

「引いた？」

「引かない。かわいい」

はぁ、と結は頬を赤らめたまま息を吐く。

心まで満たすセックスの余韻が醒めても、イルは結を抱き寄せたまま離そうとせず、結は幸福感に包まれていた。だが、この時間は長くは続かない。お伽話《とぎばなし》の魔法が解けるのと同じように、結がイルの腕の中にいられる時間は、きっと、この酒が終わるまで。どれだけイルが自分を抱き締めてくれても、彼がもう一度「好き」と言ってくれることはなかった。そのくせ、ぽつりぽつりと断続的に続く会話の中で、イルはさらっと「かわいい」なんて不用意な発言を繰り返して結を困らせる。

嬉しくないわけではないけれど、言われ慣れないだけに恥ずかしい。不意に幼いミーアに「俺のお姫様」と言っていたイルの姿が思い出されて、結は難しい顔で納得する。

「そういうこと、平気で言えちゃうなんて、さすが『王子様』」

「……王子じゃない」

「ミーアだけの王子様だもんね？」

「……そう。俺は、ミーアだけの王子様」

からかったつもりだったのに、イルの返事は静かで、陰っていた。

振り返った結の瞳に映ったのは、どこか清々しいような、それでいて寂しさを感じさせるイルの表情で、結はすぐに、もう魔法の時間は終わりなんだと悟る。

私の王子様には、なってくれないんだ、と。

迷うようにイルの瞳が揺れた。大切なことを、イルは言おうとしている。何であろうと、受け止めたい。結は彼が口を開くのを待った。

「……俺は、この神殿で育った。母さんと、父さんと、俺の三人。物心つくまで、自分の母親が女王だってことも、自分に兄貴がいるってことも、知らなかった」

なんとなくそうしたくなって、結は酒の入ったカップを床に置き、身を捻ってイルの胸に頬を預ける。穏やかな心音が伝わってくる。もたれかかる結の体を抱きなおして、イルは続けた。

「実質的な王の仕事は、母さんの夫……だから、アルの父親が引き受けてて、アルは父親と二人で王宮で暮らしてた。王子として」

二人が別々に暮らしていたことをはじめて知って、結はいたたまれない気持ちになる。

女王には、二人の息子と、二つの家庭があったのだ。

「子供が十歳になると、神殿で祝いをするんだけど、そのときはじめてアルに会った。たぶん、アルにとっては、それが自分の母親に会った初めての瞬間だったはず。アルは、母さんと俺のことじっと見てた。泣くでも、寂しがるでも、怒るでもなく、『あぁ、あれが自分の母親と、父親の違う弟か』ってふうに」

「……十歳まで、会ってなかったの？」

「そう。会ってなかった」

ふぅん、と曖昧に返事をするしかなかった。

時折冷たい眼をするアルの心に根差した影の正体が、分かった気がした。幼い日の様子がありありと浮かび、結は落ち着かずにイルの胸に手をあてる。

どうして女王はアルに会いに行かなかったの、とは訊けず、結はその空白の理由を埋めるためにイルが続けるのを待った。

「……それからしばらくして俺の父さんが死んで、母さんはおかしくなった。塞ぎ込んで、食事も取らないで、やつれて、起き上がれなくなって。ルークと、医師会の人たちが、随分長く頑張ってくれたし、俺も支えたつもりだったけど、結局、最後は呆気《あっけ》なく死んだ。俺の手を握って、この神殿で。そのとき、やっと気が付いた。俺と、父さんが、アルから母さんを奪ったんだ、って。もう返してやれないんだって」

母親のことを『彼女』と、アルは呼んだ。母親の死を悲しむ様子もなかった。アルにとって母親は、知らない人として生きて死んだ。

寂しさと悔しさが、アルの内にはずっとあったのだろう。弟は母親と暮らし、自分は暮らせない。その理不尽は、幼少の頃のアルをどれだけ傷付けただろうか。

それに気付いたイルの罪悪感は、どれほどだっただろうか。

黙って聞いていた結の髪を、イルがそっと撫でる。その手つきは、まるで幼い子供をあやすようで、性的な含みは一切なかった。

不意に何か思い出したように、イルがふっと笑った。

「母さんが死んだあと、アルは、堂々と王の名代を務めてた。俺が神殿でぼーっと暮らしてた間、アルは、王宮で国政を学んでたんだ。猫の獣人の族長は、先代の直系のアルと俺の二人に決められたけど、頑張ってきたアルに並んで俺まで王子を名乗るのが耐えられなくて、『族長の権利を放棄する』って宣言した。王の候補者としても、族長は一人でいいからって。そしたら、アルがめちゃくちゃ怒って、殴られた」

「殴られたの？」

「そう。あんな怒ると思わなかった。そのあと、二人ともレイファスに説教喰《く》らって、宣言を勝手に撤回されて、アルに言われた。『僕は、自力で王になる。君に譲ってもらう必要はない』って。見透かされてた。俺が、母さんを奪ったぶん、アルに何か返さないと、って、思ってたことが」

一度言葉を切ったイルが、結の髪から手を離した。

顔を上げた先にあったのは、固い決意に満ちたイルの瞳だった。

「……アルを支えたい。アルに王になってほしい。アルのために尽くすくらいしか、俺にはできないし――だから、俺は、王子じゃない。王子は、アル一人。ミーアに『王子様』って呼ばれてるのは、アルには内緒」

ミーアのいう王子様はそういう意味ではないと思うけれど、と結は思ったが、それを口にして茶化してしまいたくなかった。

不遇を受けてきたのは、なんとなくイルのほうかと思っていた。だが、違ったのだ。アルが受けてきた不遇を、イルは引け目に感じていて、イルが罪悪感を抱いていることが、アルは許せなかったのだ。

どこか誇らしげに、イルが呟《つぶや》く。

「……俺の兄貴は、かっこいい」

今、自分はフラれたんだな、と結にははっきりとわかった。

同時に、心に渦巻いていた迷いは晴れた。

人間、覚悟が決まるのは、本当に一瞬のことだと、いつも思う。

大学の第一志望に落ちたとき。会社の配属が予想外だったとき。家族を亡くしたとき。

同棲《どうせい》していた男が、愛する女を選んだとき。

好きな人が、自分より、お兄さんを愛していると気付いたとき。

「……仕方ないなぁ」

結はそっと体を起こして、イルから離れた。

彼の目を見れば、離れ難さを感じているのは自分だけではないのだとわかったけれど、触れ合えば触れ合うだけ辛くなることもわかっていたから、残ったカップの酒を一気に呷って、からっと笑った。

第十三章　選出の夜

約束の日だ。

結は、早朝から起き出して身支度を整えた。

澄み切った朝の空気はいつもより冷たく、張り詰めている。神殿中の緊張が伝わってくるようで、結は鏡台の前に座ったまま、細い息を吐き出して目を閉じた。

——この二日間、結は自室に閉じこもるようにして過ごした。

メリダによると、王宮に長耳族が到着し、レイファスが提示した『別の呪いがかけられている可能性』の調査が進んでいるという。国王の代理を務めるアルは多忙を極め、結はあれから彼と話せていない。

イルが結に関わることもなくなってしまった。

二人きりの酒宴の翌日、昼過ぎまで惰眠を貪った結の部屋に置かれていた『マイアとゾルデ』の六巻と七巻はイルが置いてくれたもので間違いないだろうが、夕食の迎えもメリダに変わってしまったために、接点はなくなってしまった。

イルなりの優しさだったのだと思う。

互いの決心が、揺らがないように、と。

選出の夜の準備が整うまでの二日間を、結は読書に没頭して過ごした。

マイアが産み落とした男女の双子の人生は、きっぱりと分かたれることになった。

王子ジギエスの娘、耳のある獣人の姫シェイラは、王女として大切に育てられる。

一方、騎士ラティスの血を引く尻尾のある獣人のフェルドは、その身を東の果てにいるラティスとゾルデの元へと送られる。

ゾルデには、ジギエスの子であるノイドという男児がいたが、追放されたフェルドを受け入れ、我が子のように育てた。耳のある獣人のノイドと、尻尾のある獣人のフェルドは兄弟のように暮らした。

マイアは、裏切りの妃として神殿に事実上幽閉され、そこで第四の男と出会い、献身的な愛を注がれる。

やがて月日は流れ、王座を継いだジギエスが身罷ると、王座は妃であるマイアの懐に転がり込む。マイアは持て余した王位を娘のシェイラに譲ろうとするが、このときジギエスの落胤《らくいん》であるノイドが反乱を起こした。その争いは、耳のある獣人と尻尾のある獣人を決定的に二分させる契機となった。

国は荒れた。

ラティスとノイドが戦死し、ゾルデは和解を求めてマイアに接触を試みるが、第四の男に阻まれ謁見すら叶《かな》わなかった。

ゾルデは、歩み寄ることができないなら、一度きっぱり別れてしまうのがいいと考えた。

これが、耳のある獣人の暮らす西側のアストールマイア、尻尾のある獣人の暮らす東側フェルドブルグの起源である。

シェイラとフェルドは、父は違えど同じ腹から生まれた姉弟として、互いの領土を決して侵さないと固く誓い、それぞれの国の王となった。

問題は、すべて解決したかに見えた。

しかし、アストールマイアで病が流行り、後継ぎもいないまま、シェイラが病に伏してしまう。シェイラがあの世に旅立つのは時間の問題だった。

病に苦しむシェイラを王座に縛り付けることはできず、またしても王の座はマイアの手元に舞い戻ってきた。

その王座を狙ったのが、第四の男だった。マイアは彼に求められるままに王座を渡そうとしたが、それにゾルデが激しく反発した。

激怒したゾルデは、アストールマイア全土に強力な呪いをかける。

『アストールマイアの王位は直系の女が継がねばならない。姫なき場合は、耳のある獣人以外の種族より女を招き、仮初めの女王とする。仮初めの女王は、国民により選出された四人の男から夫を選び、その夫を王としなければならない。条件を守らずして繁栄はなく、違えば災厄の牙が子を喰《く》らい尽くす』というものであった。

夫も、想い人も、浮気相手も、子供も亡くして、ようやくマイアはすべて自分が招いた厄災だったのだと気付き、あらゆる手を尽くし、異世界より巫女《みこ》を召喚することに成功する。

巫女を召還したものの、当時のアストールマイアにはまだ流行病の影があり、巫女とその伴侶は、姫を残さぬままこの世を去った。

次の巫女を召喚することはできなかった。マイアの力では、一代につき巫女を一人召喚するのが限界だったのだ。巫女とその伴侶には、必ず姫を残してもらう必要があった。

だが、巫女は死んだ。

追い詰められたマイアは、第四の男との間に娘をもうけ、その姫を王とした。

ここで、繁殖力のくだりが盛り込まれることになった。子を成さぬ王と女王では国が途絶えてしまうと考えたマイアは、『守護の力を存続させるための条件』として、巫女に候補者の繁殖力を判定させるよう残したのだ。

マイアの子孫は次なる巫女が現れた際に王位を追われたが、彼らは『マイアの血脈』として代々女王と巫女を見守る役目を負い、その役割は現世に至るまで続いている。

真相を知った結の心境は複雑だ。

呪いをかけたのは、ゾルデだった。

その呪いを解くことができなかったマイアは、すべてを懸けて国を守ろうとしたが、同時に更なる誓約で国を縛ることになった。

そして、巫女に重い使命を託したのだ。

——結は一つ深呼吸をしてから、部屋のドアを開いて廊下に出る。

廊下には、結が想像していた以上の人数がずらりと並んでいた。

メリダをはじめとする女官たち。神殿で暮らす信徒の向こうには、呪いの刻印を持つ妊婦と、その家族もいる。

そして、神殿の管理者である、イル。

すうっと息を吸い込む。迷いはなく、緊張に背筋がぴんと伸びた。一同を見渡してから、結ははっきりと告げた。

「決定した」


選出の夜の準備は、いよいよ大詰めを迎えていた。

『マイアの涙』と呼ばれる地下にある泉で沐浴《もくよく》を済ませた結の体は、この日のために用意された白の衣装で包まれる。

透け感のある生地で作られた衣装は床につくほど長く、ワンピースと、ナイトガウンを重ねて着るものだった。指先まで隠す長い袖も、ウエストのあたりもゆったりしていて、大きく開いた襟ぐりを纏《まつ》る細いリボンが、ちょうど胸の間で左右の身頃を合わせるようにナイトガウンを閉じている。似合っているかどうかは別にして、衣装は、繊細で清楚《せいそ》、けれど、どこか艶めかしく、まさに初夜に相応しい装いだ。

今頃、候補者の五人も神殿に用意された各々の部屋にいる。

そのうちの一人と、今日、アストールマイアを救うために寝る。

そして、その相手が、自分の伴侶となる。

彼らも、結と同じように緊張しているのだろうか。

髪を結っていた女官が結から離れた。鏡に映った自分の姿に、結はくすぐったい気持ちになる。頭上の髪が三角に結われて、まるでケモ耳のごとく仕上がっていた。これで巫女もアストールマイアの一員ということなのだろう。

うっすらと化粧をした結の唇に赤い紅がさされて、巫女の準備は整った。

神殿は、静まり返っていた。

すでに陽は落ち、窓の外は暗い。先導するメリダの持つランプが頼りなく照らす廊下を、結は過度な緊張に包まれながら歩いていた。

神殿の最奥に、その部屋はあった。選出の夜を行う、『誓いの間』だ。

真っ白な両開きの扉の前でメリダは足を止める。結も立ち止まると、あとに続いていた女官たちがさっと一歩後ろに退いた。

「わたくしどもは、ここまでにございます」

こくりと頷《うなず》いた結は、メリダに手渡されたランプを受け取る。

小刻みに手が震えていた。結は笑い飛ばそうとしたが、強張った口角はぎこちなく横に広がっただけで、思ったように上向いてはくれなかった。

ランプを持つ結の手を、メリダの分厚く、温かい手が包む。

「ユイ様、ご不安にございますか？」

「……そういうわけじゃ、ないんだけど……」

「大丈夫です。大丈夫ですよ」

決して大きくはないはずのメリダの手が、結の手の甲を撫《な》でる度、すべてを包み込まれるような安心感を覚える。

「ユイ様、よろしいのですよ。歴代の巫女様も、皆、ここで不安に足を止めたと伝わっております。心に決めた殿方で、本当に良いのか、と。これは言い伝えにございますが、この扉の先に、細い廊下がございます。それを抜け、誓いの間に着くときには、巫女には自分の本当の伴侶がわかるといいます。ユイ様も、その御心に、従えばよろしいのです」

自分の心は、決まっている。

目を閉じて、結は繰り返し小刻みに頷いた。

「……ありがとう、メリダ」

ほう、と息を吐き出した結は、女官が開いたドアの間から、暗く細い廊下へ一歩進む。

窓もない真っ暗な通路に入り込んだ結の背後で扉が閉まった。

恐怖が足元から這《は》い上がり、結の歩みはまた止まる。

（負けちゃ、だめ）

自分を奮い立たせ、結は一歩ずつ足を前に繰り出す。ランプの明かりは結の周囲を頼りなく照らすのみで、出口の見えないトンネルに迷い込んだような錯覚に陥ったが、今度は足を止めなかった。

呪いの刻印を消すため。

呪いを発動させないため。

そのために、一人を選ぶ。国王となり、自分の伴侶となる人を。

五人の候補者が一人ずつ浮かぶ。

レイファス、ルーク、ウィンザー、アル、そしてイル。

レイファスは優秀な国王になるだろうが、家庭的な雰囲気はなく、きっと結にとってのいい夫にはなってくれない気がした。

ルークは理想的な夫や子供の父親になってくれるだろうが、彼は自分の仕事に誇りを持っているから、レイファスとは反対に国王には向いていないと思う。

ウィンザーの繁殖力は飛びぬけていたけれど、彼の部屋の様子からわかるように、書類仕事に埋もれて満足できる人だとは思えない。国王の座は、彼には窮屈だろう。

アルは国王の代理を務めてきた。実績もあるし、国民を思う気持ちだって強い。夫として考えても、甘い言葉をこれでもかと吐いて結を困らせることはあっても、きっと、妻も子供も、大切にする人だろう。

アルだ。

アルを、国王に。

目前でドアが内側から開け放たれ、誓いの間の明かりが結を照らす。

明かりの逆光に浮かび上がるシルエットに、胸の奥が騒めく。

心臓が鷲摑《わしづか》みにされる。

もしも、の未来がいくつも浮かぶ。楽しいことばかりではなく、喧嘩《けんか》もして、結が辛くなって泣くような想像も浮かぶのに、彼とその未来を歩いてみたいと結は思う。

(だめだよ、メリダ……心に浮かぶ人なんて、イルしかいない……)

結には、はっきりとわかった。

自分が愛する人は、イルだ。

結は、誓いの間に一歩足を踏み入れたところで立ち止まる。

室内は明かりで満たされ、天井から垂らされた薄布の向こうに大きな天蓋つきの寝台が見えた。それ以外にも必要な家具は揃《そろ》っていて、テーブルの上には酒や軽食まで用意されている。微かに水の流れる音が聞こえてくる。もしかすると、洗い場もあるのかもしれない。初夜に必要なものは、すべて用意されている。あとは、相手だけだ。

隣に立つイルに向き直る。

いつもと違うイルの服装に、どきりとした。

政治家たちが着ていた黒の衣装とは形が違うが、同じような丈の長い黒の服を纏っていた。ひらひらとしたそれがあまりにもイルに似合っていなくて、胸の高鳴りを隠すように、結は少し笑って言った。

「イル、それ似合ってない」

つられて笑ったイルは、誓いの間の入り口で立ち止まった結を見下ろし、目を細めた。

「おまえは、似合ってる」

「……ありがとう」

かあっと頬が熱くなる。似合ってる、その一言で、こんなにも嬉《うれ》しくなるなんて。

決意が揺らいでしまいそうで、結はぐっと奥歯を噛《か》み締めて黙り込んだ。イルが室内を見渡す。

「必要なものは、用意してる」

「……うん」

「奥に、湯場もある。一応、着替えも、用意した」

「……うん」

「質問があるなら、今訊《き》く。相手の名を聞いたら、俺は、ここにはいられないから」

覚悟はできているはずなのに、結は、浮かんでは消える問いを、必死で一つずつ掬《すく》い上げる。

「選出の夜が終わったら、私の刻印は消えるんだよね？」

「消える。朝日が昇れば刻印も、その効果も消える」

「朝になるまで、ここで過ごすの？」

「そう。夜明けに、俺が迎えに来るまで、ここで過ごしてもらう」

「……イルが迎えに来るんだ」

「……そう」

アルに抱かれた翌朝の現場をイルに押さえられると考えると、結の気持ちは沈んでいく。何の質問も浮かんでこない。浮かんでくるのは、イルへの想いばかりだった。イルへの想いは、結に子供じみた言い訳を吐き出させた。

「……あのね、私、アルに嫌われたかもしれない。ひどいことしたの。怒ってるかも」

「怒ってない。アルは、この日の準備が順調か、ずっと気にしてた。おまえにとって、いい日にできるように、って」

「……そっか」

アルとすれ違ったまま今日を迎えることを、結は不安に思っていた。イルが教えてくれたことは、アルとの今後を安心させるには十分な内容だったのに、結は却って追い詰められた気分になる。

つん、と鼻の奥が痛くなる。せっかくの化粧が落ちてしまうと、結は必死に涙を堪える。

「……イル、もし、もしね、選出の夜が明けて、刻印の効果がなくなったときに、相手が、私に興味持てなくなったら、どうしたらいい？　そういうことって、これまでになかったの？」

「……あった。けど、大丈夫。今回の候補者は、皆、そういうことしない。おまえのこと、ちゃんと一生、愛してくれる」

イルは？　と訊きたい気持ちを、ぐっと堪える。

ここで結がイルを選んだら、イルを苦しめるとわかっている。

アルを選べば、すべては解決できるはずだ。

アルを選ぶ。アルには何の不満もない。素晴らしい人だ。心からそう思う。そういう人に、ずっと大切にしてもらえるなら、自分は幸せ者だ。幸せになりたい。誰だってそうだ。今不安に苛まれている国民も、我が子が幸せに生まれてくることを願っている。

だから、アルを選ぶ。

これ以上、イルを困らせてはいけない。短く息を吐き出した結の心境の変化を察したのか、イルは引き締まった顔でその場に膝をついた。

「おまえが、愛すると誓う候補者の名を」

不安に騒めく心に蓋をする。

乾いた唇を一度含んで湿らせてから、結は口を開いた。

結の声を、廊下の扉が開いた音が搔《か》き消した。冷気と足音と人の気配が一瞬で迫る。イルが強引に結を誓いの間の中に引き込みドアを閉める。

イルが閉ざしたドアに、ばん、と何かがぶち当たり、二度目の鈍い音でドアは呆気《あっけ》なく弾け飛んだ。小さく悲鳴をあげた結をイルが背に庇《かば》う。室内に雪崩れ込んで来た複数の気配より、ちらと見えた艶めかしく光る銀色の刃に、結は凍り付く。鎧《よろい》を纏った侵入者だった。

「巫女を渡せ」

男の声に、イルは結を背に庇ったまま後退してテーブルを蹴り倒した。がしゃん、と派手に食器類が床で砕ける。床に広がった酒の赤を踏み、迫る侵入者にイルは結に囁《ささや》く。

「逃げろ」

イルが後ろ手に結を横へ押す。しかし、恐怖で竦《すく》んだ結の足は動かない。

「マイアの血脈か。いいだろう。二人とも生け捕りにしろ」

低く命じた男の声に、室内の気配が一気に動く。イルは転がっていた椅子を手に応戦する。背後に守る結に侵入者たちを近付けまいとイルが振りまわした椅子は刃に当たり、削り取られた木片が宙を舞った。

イルが正面から繰り出された剣を押し返している隙をついて、横から伸ばされた手が結の腕を摑む。

「離して！」

叫びながら抵抗したが、摑まれた腕を背中側に捩《ね》じ上げられ動きは封じられた。

「ユイ！」

イルが侵入者に捕えられた結に気を取られた一瞬だった。

イルの足を剣先が掠《かす》め、赤い血が舞う。傾いた彼の腹部に侵入者の鎧で包まれた膝がめり込み、そのままイルは床に倒れた。

「イル——‼」

叫んだ結の首の後ろに素早く打撃が加えられ、結の意識もそこで途絶えた。

ぽつり、ぽつりと一定のリズムで落ちる水滴を指先に感じて、結ははっと目覚めた。暗い。目隠しをされているのだと気付いてから、全身に神経が通った。口にも何か嚙まされている。喉を鳴らして音は出せそうだが、腕は背中側で手首を縛られていて動かない。足もそうだ。自分は今、拘束されている。

冷静に状況を分析した結は、視覚以外の五感を頼った。

冷たい床の上に転がされているようだった。背後に垂れる雫《しずく》が服を濡《ぬ》らして張り付いていた。吹き付ける冷風が、体の熱を奪っていた。

牢《ろう》。そのイメージが真っ先に浮かぶ。

誰かの息遣いを感じた。荒い息だ。しきりに身悶《みもだ》えるような衣擦れの音も聞こえてくる。それに、血の臭い。

(イル⁉)

くぐもった声にならない声をあげたが、返事はない。

イルではないのだろうか、と恐怖が背筋を這い上がる。

どうしよう。ここはどこだろう。何故攫《さら》われたのだろう。犯人の目的は。犯人は誰。これからどうなる。イルは、無事だろうか。

目の前で舞ったイルの鮮血が脳裏に蘇《よみがえ》り、結は必死にもがいた。

後ろ手に縛られた手さえ自由になれば、何か、自分にもできることがあるかもしれない。結は必死に手首を縛る縄から逃れようと身を捩ったが、きつく食い込んだ縄で手首が熱くなるばかりで拘束は緩まない。息が上がって涙が滲《にじ》む。

パニックを起こしかけた結の耳に、ぶあっ、という雄々しい呼吸音が届いた。息を吐き出したすぐそこの気配は慌ただしく動き、血の臭いが鼻先に迫った。

「んっ――――！」

恐怖に喉を鳴らした結の目隠しが、そっと外された。闇の中で自分を見下ろすイルに、結は呼吸を乱してぽろぽろと涙を零した。一人ではないという安心感が全身をぶるりと震わせた。

「静かに。わかった？」

頷く結の口に嚙まされた布を外し、イルは結の背後に回る。拘束から解放された結は強張った体をイルに抱き起こされて、そのままイルに抱き着いた。髪を撫でる手をいつも以上に大きく感じる。

「ユイ、怪我は？」

抱き着いたまま首を振って、結ははっとする。

「イル、怪我……！」

「俺は大丈夫。落ち着いて。わかった？」

なんとか頷いた結を体から離して、イルは石造りの室内の、たった一つのドアを見つめる。イルはゆっくりと立ち上がり、片足を引きずりながらドアに迫った。ドアは一部が覗《のぞ》き窓のようにくり抜かれていて、イルはそこから外の様子を窺っていた。彼の後を追おうと床に手を付くと、ひたりと生ぬるい液体が結の掌を濡らした。血だ。

闇に慣れた目に、冷たい石の床の上に点々と広がる血痕を見て、結は短く息を吸い込んだ。

考えるより先に纏っていたナイトガウンを脱いで袖の部分を乱暴に裂いた。

「……見張りはいないけど、たぶん外に……何してるの？」

「血を止めないと」

結は這うようにしてイルの足元に迫り、彼の服の裾を捲《めく》り上げる。

「……いいから」

「だめ！」

気迫でイルを黙らせた結は、彼のズボンの上から裂いた袖を巻き付けようとする。しかし、腿《もも》から膝にかけて大きく走る傷を見て、袖ではとても足りないとガウン自体を彼の足に巻き付けた。きつく縛るとイルは短く呻《うめ》き、白い布は鮮やかに赤く染まっていく。

「痛いよね……」

「このままここにいたら、もっとひどい目に遭う」

呟《つぶや》きながら室内を見渡したイルは、吸い寄せられるように壁に向かって足を引きずりながら歩いて行く。彼の視線の先には、格子の嵌《はま》った明かり取りの小窓があった。ちょうどイルの顔の位置にあるそれは、横長で、頭が入るか入らないかの高さしかなかった。結はイルの側に行き、声を潜めて尋ねる。

「……イル、大丈夫?」

「平気。それより、聞こえる?　川の音」

耳を澄ますと、確かに水音が聞こえてきた。

「聞こえる」

「ちょっと、下がってて」

言われたとおりに後ろに下がった結の前で、イルは腕を伸ばして格子に摑まり、窓から外を覗く。彼は懸命に窓から周囲の状況を観察し、情報を掬い取ろうとしていた。ぎい、と嫌な音がして、イルは格子から手を離して床に着地する。

「……外れるかも」

もう一度イルは飛び上がって格子に摑まる。器用に壁の隙間に足を引っかけて踏ん張り、強引に格子を揺らしはじめた。錆《さ》びた鉄のいやな音が繰り返し響き、時折それに混ざってイルの痛みを堪《こら》えるような声が聞こえる。

「イル……」

結は不安に声をかけたが、彼はそれに返事することなくひたすらがたがたと乱暴に体を揺らして格子を外そうと戦っていた。がしゃん、と格子が外れると、反動でイルは床に崩れ、足を押さえて座り込んだ。

「イル！」

「っ……大丈夫」

駆け寄った結にイルはそう言ったが、彼の顔は蒼白《そうはく》で、大丈夫なんて気休めの言葉は結に何の安心感も与えなかった。イルの動くあとには、血痕が続く。背筋が凍った。大量の血は、結に嫌でも『死』を連想させ、冷静な判断力や思考力から結を切り離そうとする。

イルは格子を静かに床に置き、結に向き直った。

「ユイ、よく聞いて」

結は、なんとか一度頷いた。

「俺たちを攫ったのはフェルドブルグの獣人。尻尾があった。俺たちがいるここも、フェルドブルグ。でも、狼《おおかみ》の砦《とりで》は近い。ウィンザーのいたところ、わかる？」

覚えている。森の側に聳《そび》える巨大な壁にも似た砦。結は立て続けにこくこくと頷く。

「すぐ目の前に、川がある。その川は、砦がある森に続いてる。川上に進めば、そのうち、砦に着く」

どうしてそれを自分に説明するのか。不安に口を開きかけた結に、イルは更に続ける。

「ここは半地下になってる。あの窓は、地面からそんなに高い位置にあるわけじゃない。俺が支えるから、おまえは外に出て、川沿いに、川上に向かって、走って」

「イルは？」

「俺は行けない」

この足じゃ無理、と言うように、イルは頭を振った。

頭ではわかっている。イルの怪我で走るのは無理だ。どこまで歩けるかもわからない。一緒に逃げるという選択肢は、現実的とはいえない。結が一人で砦まで行けば、ウィンザーの仲間に助けを求めることもできる。だが、その間に、結が逃げたと知られたら。イルはどうなるだろうか。

想像したくない。堪えていた涙が溢《あふ》れ出した。それを振り払うように、結は激しく首を横に振る。

「一人じゃ行かない」

「ユイ」

「いや！　イルを置いて行くなんて絶対いや！　一緒に行かないなら、私も行かない！」

「ユイ……」

イルの両手が結の頬を包んだ。彼の手についていた血がぬるりと頬に触れて、鉄錆の臭いが鼻をつく。怖くて、また涙が溢れた。ぐずぐずしていたら、イルは死ぬかもしれない。だが、結の逃走が発覚しても、イルは死ぬかもしれない。

どうしたらいいかわからなくなる。恐怖は結から完全に理性を取り上げていた。必死になって首を振る。

「ユイ、頼むから」

イルの手に力がこもる。固定された頭を乱暴に振ろうとした結の唇に、やわらかな感触が伝わった。唇に感じる体温。イルが生きているという実感。軽く触れるだけのキスをもう一度繰り返して、イルは結の額にもキスを落とした。

「おまえに何かあったら、俺が悲しいから。だからユイ、頼むから……俺のいうこと聞いて」

優しく諭すようなイルの声と彼の温もりが、結を落ち着かせた。行かなければならない。このままここにいては、本当にイルが死んでしまうかもしれない。ウィンザーなら、助けてくれる。ルークなら、イルを助けられる。自分にだって、何かできるはずだ。結は乱暴に涙を拭った。

「……砦に、行く」

「そう。川上に向かって、全力で、走って」

「……わかった」

力強く頷いた結に、イルは「いい子」と言ってもう一度唇を寄せた。イルの手が離れると、結は自力で立ち上がる。窓へ手を伸ばした結の体をイルが抱き上げた。結は彼に体重を掛けまいと慌てて格子が外された窓に頭と腕を突っ込み、外壁に肘をひっかけて体を引っ張り出す。

狭い隙間から、結の上半身は外に出る。

月明かり。木々と草原と、その向こうに見える川。見える範囲に見張りはいない。

そのままずるずると外に這い出た結は、地面に転げ落ちた。

腰の高さにある窓を覗くと、イルは床の上に横たわっていた。

結は猛然と駆け出す。川の上流を目指して、わき目も振らずにただひたすら全力で走った。丈の長いワンピースの裾をはためかせながら、袖なしの腕が冷気に冷やされていくことも感じずに。息切れさえなく、草や石に足を取られて転んでもすぐに立ち上がった。痛覚はとことんまで鈍り、結は限界を超えて走り続けた。


幼い頃、自分の両親は愛し合って結婚していると信じて疑っていなかった。

それが許されない仲だと理解したのは、アルの存在を知ったときだったと思う。

イルには、両親の気持ちが最後までわからなかった。誓った相手以外を選んではいけないと、アストールマイアの国民は歴史から学んでいるはずなのに。

瞼《まぶた》の裏側に、赤の月の夜に見た夢が浮かぶ。あれは、マイアが見せた罪の証だ。

マイアの血が薄れていたように、マイアの血脈の罪の意識も薄れていたのだ。だから、神殿の管理者であるイルの父親は、女王に自らの子を産ませてしまった。

——イル、しっかりして。

はっとして、イルは目を開く。そこに自分を呼ぶ彼女はいない。冷たい牢に漂う鉄錆のにおいが、本当の錆なのか血のにおいなのか、イルにはもう判断がつかなかった。

彼女は逃げられただろうか。無事、狼の砦に辿《たど》り着いたら、数日後でいい。もう一度、選出の夜を行ってほしい。

彼女なら、きっとアストールマイアを守ってくれる。アルを幸せにしてくれる。

アルが結を幸せにしてくれる。

体の奥が軋《きし》むように痛む。その痛みは、足の怪我などよりずっとひどい。

そうか、こんな気持ちだったのか。

この世を去った両親の気持ちがようやくわかった気がして、イルは穏やかな気持ちで目を閉じた。

どれだけ走ったかわからない。ひたすら川に並走していた結の眼前に、森と、その向こうに堅牢な佇《たたず》まいの砦が現れる。迷いなく森に入り、声の限り叫んだ。

「ウィンザー‼」

走りながら何度も叫ぶ。声が届いたのか、木々の隙間から覗く砦の天辺で明かりが揺れた。結は気力だけで足を繰り出し砦に近付いていく。前方から複数の蹄《ひづめ》の音がした。それらは連なって結に接近していた。大きな影が結を呼んだ。

「ユイ！」

「ウィンザー！」

一頭の馬が結の目前で止まった。鞍上《あんじょう》から滑り降りたウィンザーは、その場にへたり込みそうになった結を抱きとめる。

「ユイ！　怪我は⁉」

「イルが！　イルが死んじゃう‼」

結の周辺に、同じく馬に乗った武装したアストールマイアの獣人たちが集まり、彼らの持っていた明かりが結を照らした。

「血まみれじゃねぇか！」

「私のじゃないの！　イルは怪我してる、早くしないと！　お願い助けて！」

「わかった。落ち着け。捕まってた場所まで、案内できるか？」

結が頷くと、ウィンザーは素早く指示を出す。

「第一小隊を出す。あとから続けと伝えろ。第五小隊に王宮からルークを連れて来させろ。いいな」

「はっ！」

伝令を託された兵士が砦へ向かうと、ウィンザーは先に馬に乗り上がり、手を差し出して結を馬上に引き上げた。

「ユイ、案内しろ」

「川下へ、まっすぐ」

「聞いたな。遅れんじゃねぇぞ！」

結を後ろから抱きかかえ、ウィンザーは馬を走らせた。

フェルドブルグの空は、白んでいた。


遠くから見たその建物は、朽ちた小屋だった。石造りのそれは一部が崩れ、自然の中で時代に忘れ去られたように、ぽつんと佇んでいる。

ウィンザーは十分距離を取って馬を止めた。

到着した兵士たちも次々馬から滑り降り、足音も立てずにウィンザーのもとに集結した。十人ほどの彼らに、ウィンザーは指示を飛ばす。

「イルの救出が最優先だ。敵はできるだけ生け捕りにしろ。誰の差し金か吐かせてやる。いいな」

指令を受けた兵士たちは、音もなく建物へと進んでいく。結は、自分を抱き寄せたまま動かないウィンザーを見上げた。

「い、行かないの⁉」

「おまえを連れて戦闘するほうが俺たちの不利になる。今一番死なれて困るのはおまえだからな。心配すんな。あいつらで十分だ。俺の部下を信じろ」

ウィンザーの自信に満ちた表情を、結は信じることしかできない。緊張で眩暈《めまい》がした。

ウィンザーに体重を預けて、結は目を閉じる。

頭に浮かぶ悪い想像を何度も押し込めながら、じりじりしていた結の耳に、派手な怒号と金属音が届く。その音を聴いていることさえ辛かった。恐怖で身を縮める結の体をウィンザーがしっかりと抱き寄せた。

落ち着かない時間が流れた。それは、結にとっては生きた心地のしない、長い長い時間だった。金属音が止むと、ウィンザーが言った。

「終わったな」

反射的に駆けだそうとした結を抱き上げて、ウィンザーが建物へ近付く。自分で歩けるなんて強がりも浮かんでこなかった。イルの安否を確認したい、それしか、今の結の頭の中にはなかった。

「制圧しました」

「よくやった。イルは？」

「息はあります」

「イル……！」

結はウィンザーの腕から飛び降りるようにして建物の内部へと入った。裏手に位置する小階段を下り、強引に破られた扉の向こうに力なく横たわるイルに駆け寄る。

「イル！」

息はあるが、ぐったりとして、意識はない。血の気の引いた顔は別れたときより蒼白《そうはく》で、置いて行った後悔ばかりが湧きあがってくる。

情けなく泣きだした結の肩にウィンザーが手を置いた。ウィンザーの手の温もりも感じ取れないまま泣いていた結がはっとしたのは、兵士の声だった。

「第五部隊が到着しました」

ばたばたと慌ただしい足音がして、ルークを先頭に、白衣を纏った医師四人がイルに駆け寄った。ルークたちに場を譲るように、結はウィンザーによってイルから遠ざけられる。

血で汚れた傷口の様子を確認したルークは、同じくイルを取り囲んだ三人に、いつになく鋭い眼差しで告げた。

「王宮へ連れて行く。運んで」

「ルーク、イルは、助かるよね⁉」

今初めて結の存在に気付いたように顔を上げたルークは、自信ありげに微笑んで頷く。

「大丈夫だよ――ほら、早くする！」

ルークに急かされて、医師たちは兵士の手助けを得てイルを運び出した。イルが横たわっていた場所には血だまりができていて、結はそのままぱたりとウィンザーの腕の中で力尽きた。

第十四章　愛する人

選出の夜が行われる予定だった夜に起きた事件は、ウィンザーたち狼《おおかみ》族が捕えた下手人たちの口を割らせることにより解決に向かった。

解決には三日を要したが、事件発生日を含めても四日ですべてが解決したのだから、上々の結果といえるだろう。

報告書を読み終えたアルは、長い溜息《ためいき》を吐いて立ち上がり、神殿へ向かう。

イルは、長く眠っていた。

怪我の治療にあたったルークは、「回復すればこれまでどおり歩けるようになるはずだよ。時間がかかるだろうけどね」と言っていたが、全快までにどれだけの時間がかかるかについては「努力次第」と述べるに止《とど》まった。

半分とはいえ、血を分けた弟が命を落とさずに済んだことに安堵《あんど》するとともに、アルは、イルに対してかけるべき言葉が見つからずにいた。

無事ではないから、無事でよかったとはおかしい。

生きていてよかった、では些《いささ》か冷たい響きに聞こえる。

　この複雑な気持ちをどう表現していいのかまとまらないままに、イルの部屋の前を通る廊下に辿《たど》り着いた。そこには、レイファスとルークがいた。二人はすぐにアルに気付き、ルークが片手をあげる。

「やぁ、イルなら起きてるよ」

「でも、行かないほうがいいでしょう」

　年長者の二人はにやりと笑いながらイルの部屋に視線を向ける。

　彼の部屋のドアは開けっ放しにされていた。

　ベッドの上で座るイルに、結が匙《さじ》で掬《すく》った粥《かゆ》を食べさせている。イルはしきりに「頼むからやめて」と言っていたが、結はどこか楽しむように「だめ」と譲らず、結局イルは険しい顔で口を開ける。満足そうに結が笑うと、イルはあからさまに恥ずかしがって結から視線を逸らした。

「あーあ、見てられない。俺は行くね。二人は、覗《のぞ》き楽しんで」

　ルークが楽しげに言って、手を振って去って行く。後ろ姿を見送ってから、アルはレイファスに尋ねた。

「あ、あれはいつから続いてるんだ」

「本人に訊《き》いてみては？　弟でしょう」

「……僕はそこまでイルと親しくない」

「あぁ、そうでしたね。あなたは、弟を打ち負かしたい一心で、彼を殴ってまで候補者として残したんですから。そのうえ私に巫女《みこ》への説明まで押し付けて、このザマですか。まったく、情けない」

返す言葉もなかった。

これまでの記録から、巫女に『伴侶と姫』の件を伝えるのは、候補者全員と関係を持ってからと決められている。巫女にとっては、「獣人と関係を持つこと」より「獣人と結婚し子供を産むこと」のほうが遥《はる》かに難しいもののようだった。苦労の歴史の中で、ある巫女の「全員と寝てしまって、情が湧いてから誰の子を産むか考えたほうが腹が決まる」という一言から、今のやり方が定着したわけだが、それには大きな弊害があった。

はじめに巫女に繁殖力の判定をする説明者は、最後は必ず巫女に「騙《だま》した」と非難される。

アルたちは巫女を待つ間、何度も会議を重ね、巫女を煙に巻けるとしたらレイファスだと彼に説明役を頼んだ。彼は「私に説明役を押し付けるなら、必ずあなたが王になりなさい」と言った。

そのつもりだった。結に会うまでは、巫女は王になるための手段だと思っていたくらいだ。結に出会って、自分は変わったと思う。いつしか、イルに勝つことより、王座より、彼女を求めてしまっていた。彼女を今でも愛していると断言できる。

けれど、結の視線は、いつだってイルに注がれていた。

あの満たされた笑顔。自分には、決して向けられなかった笑みを、アルはどこか遠く見つめていた。

「……あの二人は、結ばれるべきだ」

「敗北宣言ですか」

「君は……どうしてそんなに楽しげなんだ？」

「愚問ですね。ヘルドが自滅してくれたのですから、楽しくないはずがありませんよ」

襲撃事件の黒幕は、大臣のヘルドだった。

彼は、選出の夜を妨害し、神殿の権威を失墜させる目的で結を攫《さら》った。それだけではない。ヘルドは金で長耳族を雇い、フェルドブルグで集めた手下に呪いの技術を教え込み、呪いの刻印に似た印を妊婦の腹に出現させた。あれだけ議会で大騒ぎした彼自身が、すべてを仕組んだ元凶だったのだ。

実際のところ、あの黒い刻印はある種の呪いだったようだが、ウィンザーたちの尋問により呪いをかけた実行犯は突き止められ、レイファスの交渉で、呪いを解除させることに成功した。

アストールマイアを恐怖のどん底に陥れた黒い刻印は綺麗《きれい》に消えた。被害は出ていない。

首謀者のヘルドは即座に投獄され、今後、彼は私財を没収されたうえでアストールマイアから追放されることになるだろう。

政敵が失脚したレイファスは、文字通り勝者となる。

誰が王になろうとも、彼は大臣として、あらゆる政治的な判断に多大な影響力を持って携わっていく。自分も大臣を目指すべきだったか、とアルは後悔した。

「……アル、これで、あなたは終わりですか？」

「僕にできることは、彼らを祝福することだけだ」

「私が言っているのは、王座です」

含みのある言い方に、アルは顔を上げる。レイファスは、じっとアルを見据えていた。

その視線はいつになく厳しく、また、真剣だった。

「『君に譲ってもらう必要はない。僕は、自力で王になる』――覚えていますか？『自力で王になる』、あなたはそう言った」

アルには、レイファスが何を考えているのか、いつも読めなかった。今日もそうだ。何かしら考えがあるという以上のことは、何も想像がつかない。

「巫女であるユイに頼らず、王になる覚悟がありますか？」

「勿論《もちろん》だ。あの二人の仲を裂くようなことはしない。僕は、父と同じ過ちは決して犯さない。そして今でも、この国をよくしていくのは僕の務めだと思っている」

「だったら、やるべきことは一つです。ゾルデの呪いを、解きましょう」

さすがに冗談かと思ったアルだったが、レイファスの自信に満ちた表情を見て、アルは考えを改めた。幼い母を利用して政権を手に入れた父だったが、彼の助言で一つだけ役立ったことがある。

狐《きつね》は敵に回すな、だ。

襲撃から、早くも一週間が経とうとしていた。

アルとレイファスは事後処理で多忙を極め、偽物の呪いの刻印が消えたこともあり、選出の夜は先延ばしにされている。期日が迫る焦りはあったが、結はできるだけ選出の夜について考えないようにしていた。

イルはなかなか世話をさせてくれないが、部屋でじっとしているのは彼も暇に感じているのか、部屋に居座る結を追い返そうとはしない。彼と一緒に過ごす時間を、結はめいっぱい楽しもうとしていた。

アストールマイアでは病人に本を読み聞かせる習慣があるそうで、結はいつものようにイルの部屋に押しかけて、彼が座るベッドの傍に椅子を置き、勝手に朗読会を開催していた。

アルとレイファスが揃《そろ》ってやって来たのは、ちょうど結が本を読み終えた頃だった。アルの表情からして見舞いではないようで、結は退席を申し出た。

「いや、君にも聞いてほしい件なんだ」

椅子から腰を浮かせかけた結を、アルが引き留める。結が座りなおすと、アルはいつになくきりりとした表情で本題を切り出した。

「選出の夜は必要ない。呪いを解く方法が見つかった」

アストールマイアに『マイアとゾルデ』が残されたように、フェルドブルグには『ゾルデの手記』が残っていたそうだ。その手記と、アストールマイアの王宮に招いた長耳族の見解をもとに、呪いを解く方法が解明されたという。

「それから、フェルドブルグのラーナ王女によると、マイアの棺を利用すれば、ユイは元の世界に帰れるそうなんだ。呪術師の助けは必要になるが、それは僕たちが招いた長耳族が引き受けてくれる」

結はぽかんと口を開けたまま、二十秒はたっぷり黙って首を傾げていた。

先に言葉を発したのはイルだった。

「……呪いが解けるって、どうやって？」

「僕たちは、根本的なことを見落としていたんだ。呪いに怯《おび》え、マイアの守護の力があまりに強大で、巫女にとらわれすぎていた」

説明を引き受けるアルは、イルを見つめていた。レイファスは一歩下がってその様子を見守っている。余計な質問を差し挟むべきではないと察して、結も彼らを見守ることにした。

「ゾルデがかけた呪いに、『国王の座を預ける外部の女性』を人間や巫女に指定する記載は一切ない」

「……どういうこと？」

「フェルドブルグに残された記録によると、アストールマイアの初代の女王シェイラは、生きていた。病に冒された彼女は、第四の男の勢力に国を追われ、隣国の王である弟フェルドに助けを求めた。フェルドは姉のシェイラを保護し、やがて彼女は回復して子供も残していたそうだ。尻尾のある、姫を」

アストールマイアの初代女王のシェイラは、耳を持つ獣人だ。

彼女は逃げ延びたフェルドブルグで、尻尾を持つ獣人と結ばれ、娘を残した。

つまり、ゾルデの呪いの『姫なき場合は、耳のある獣人以外の種族より女を招かなければならない』という一文の意味するところは――

「じゃあ、ゾルデは、その姫を女王に受け入れろって、言いたかった……」

「そうだ。彼女は和平を求めていた。フェルドブルグの獣人であるシェイラの娘が、アストールマイアの獣人から夫を選ぶことで、ゾルデは自分たちが分断してしまった国を統合できると考えていた。彼女は、マイアを――耳のある獣人を見捨てたわけじゃなかったんだ」

きっと、ゾルデはマイアに自分で気付いてほしかったのだろう。何が間違っていたのか、これからどうするべきなのか、何が大切なのか。だから、明確な答えを与えるのではなく、謎解きのような呪いをかけたのだ。

しかし、『男ではなく娘を取れ、妃の座を手放して権力から離れろ』というゾルデの最後の通達を、マイアは違うふうに受け取り、異世界から巫女まで召還してしまった。

二人は最後の最後まですれ違い、その歴史はたくさんの人たちを巻き込んで現在まで続いたのだから、結には話のスケールが大き過ぎて、どこからどう突っ込んでいいやらわからなかった。

「……だったら、呪いを解く方法って、国の統合ってこと？」

「そうだ。呪いを解くため、僕は、フェルドブルグのラーナ王女を妃に迎えて王になる」

「えっ」

何故だかわからないが、結はフラれた気分だった。

アルが王になるということに反対する気はないのだけれど、つい、思う。

（私が五人とセックスしたのは、何だったの……？）

予定外の結婚と出産を回避できたうえに、アストールマイアの呪いが解けて、長年いがみ合ってきた二国が和解の一歩を踏み出すことになるなら文句を言うつもりもないが、どうにも用済み扱いされている気がする。

セックスまでしたのに。それも、五人と。アストールマイアの未来のために。

複雑な心境になった結に、アルは申し訳なさそうな顔で言った。

「ユイ、君を巻き込んで、本当に申し訳ない。君にはたくさんの無理を強いた。だが、君のおかげで、こうして呪いを解く方法が見つかったんだ。君が呪いの刻印の脅威を前に、四日という短期間で選出の夜を迎えると決意したから、ヘルドは焦って強行策に出た。それがなければ、僕たちはフェルドブルグと対話する機会もなく、呪いはこの先もずっと解けないままだったかもしれない。君には、感謝している。本当に、心から。強いた無理の、せめてもの償いとして、君が元の世界に帰りたいというなら、僕たちは協力するつもりでいる」

アルの言葉からも、鮮やかな緑の瞳からも、自分にはもったいないほどの感謝を感じ取って、結の内で渦巻いた黒い靄《もや》は晴れていった。

アルは、自力で王になるのだ。巫女の力ではなく、今を生きる王子として、揺るがぬ国を背負う覚悟をもって、王になる。

それは、素晴らしいことだと結は思う。

けれど。

「私、本当に帰れるの……？」

予想外だ。帰れない覚悟はできていたが、今になって元の世界に帰れると言われても。

アルはすぐに首を振って付け加える。

「勿論、君がここに残るというなら、僕たちは歓迎する。今すぐ結論を出す必要はないよ」

「……うん」

「それじゃあ、僕たちはこれで失礼するよ」

そう言って、アルとレイファスは部屋を出て行った。

しばらく、結もイルも閉ざされたドアを呆然《ぼうぜん》と見つめていた。

（帰れるんだ……）

普通なら、喜ぶべきだ。この世界にやって来たのは、結の意思ではなかったのだから。

アルが王になり、アストールマイアの呪いが解けるなら、結の役目はすべて終わった。ここに残る理由はない。

一つをのぞいては。

「……元の世界に戻ったら、もう、ここには来られないんだよね」

結の唇から零れだした呟《つぶや》きに、イルはじっと一点を見つめたまま、ゆっくりと頷《うなず》いた。

帰ったら、イルと会えなくなる。

だが、巫女の役目を失った結は、アストールマイアでは赤子同然の生活力しかない。ここに残っても、できることはない。その考えは結に、残るほうが迷惑になる、帰るべきだ、と囁《ささや》きかける。

元の世界に帰ったら、どうなるだろう。

家はない。仕事は無断欠勤状態だ。クビになっていてもおかしくない。新しい仕事と、何より家を探さなければ。新しい家。一人ぼっちの。そこに、イルはいない。

「……帰るの？」

不意に投げかけられた言葉は、結の求めるものではなかった。

目も合わせられず、結は曖昧に首を傾げてみる。

「ここに残る、理由がないし……」

「……そっか」

ぽつりと聞こえたイルの声に、胸が張り裂けそうになる。

（残れって、言ってくれないんだ……）

残りたいと自分から言ってしまうべきかもしれない。素直に、イルと離れたくないと思いを伝えれば、彼も「だったら残ったら」くらいは言ってくれるかもしれない。でも、違うのだ。結は、ぎゅっとスカートを握った。

「……残る理由があれば、残れるけど、それもないし……」

「理由って？」

「た……例えば、お伽話《とぎばなし》の王子様が、愛を誓ってくれる、とか……」

「……アルが？」

「ちがっ、王子様っていうのは、例えであって……！」

「……おまえは、帰りたいんじゃないの？　残りたいの？」

そんなふうに訊かれたら、残りたいなんて言えない。結がほしいのは、明確な意思表示。うっかり零れ落ちた好きだけでは足りない。

けれども、いくら待っても、結が望む言葉をイルはくれなかった。重い沈黙に、少しずつ目の前が滲《にじ》んでいくのを感じて、結は寂しさを隠して笑った。

「……イルは、ミーアだけの王子様だもんね」

イルが何か言おうとしていたのはわかっていたけれど、今は何を言われても傷付く想像しかできなくて、結は逃げるように彼の部屋を後にした。

結がいなくなった部屋は、いつもどおりの自分の部屋だというのに、がらんとして見える。

世界は色を失ったように灰色で、イルはじっと天井を見据えたまま、この痛みはいつまで続くだろうと息を吐く。

結にはさんざん迷惑をかけた。彼女はこの世界に攫われてきたと言った。その通りだと思う。彼女には、彼女の生活がある。元の世界での、何だかよくわからない呪術師としての生活だ。家族だっているだろう。彼女を待つ人たちが、いるはずだ。

それらすべてを棄てさせてここに残れなんて、言っていいはずがない。せっかく帰れるのだから、彼女の意思を尊重したい。

だから、残ってくれと、言っていいはずがない。それなのに。

コンコン、と控えめなノックがイルの思考を遮った。起き上がって返事をすると、メリダとノリスが入ってきた。ノリスの後ろには、彼女の愛娘のミーアがいた。いつもなら飛びついてくるミーアが、今日は母親のスカートにしがみ付いてじっとこちらを窺《うかが》っていた。

「イル、いたい？」

「もう平気。痛くないよ」

「嘘《うそ》ばっかり。痛いに決まってるわ。ミーア、イルは我慢してるの。足に触ってはだめよ」

ぷくっと唇を尖《とが》らせたミーアが「はぁい」と返事をする。すでに我が物顔で入ってきていたメリダが、テーブルの上に食器が載っていないことに首を傾げている。

「朝食はどうなさったのですか。まさか、食器まで召し上がったわけではないでしょう」

「あぁ、食器はユイが片付けてくれて……」

「まぁ！　妻でもない女人にそこまでさせて、恥をお知りなさい！」

響く怒声に、イルはびくりと震えた。怖い。

「まったく、ユイ様もユイ様です。イル様を甘やかして。夫でもない殿方の部屋に入り浸るなど……いくら巫女のお役目がなくなったからとはいえ、はしたない！」

「べっ、別にやましいことは」

「していなくて当然です!!」

憤然と言い返されてイルは堅く口を閉ざした。ぶつぶつ言いながら部屋の掃除をはじめてしまったメリダに委縮しきったイルを見て、ノリスがくすっと笑った。

「あらあら、その様子じゃ、ミーアはフラれちゃったのねぇ」

「えっ……？」

「あら、違うの？　巫女様が好きなんでしょ？」

「そっ、それは……」

当たっているだけに反論もできず、イルはついと視線を逸らす。

ミーアが母親を見上げていた。

「ママ、イルはミーアの王子様でしょ？」

「ミーア、大人になったら、あなたにも自分だけの王子様が現れるから、心配ないわ」

「えーイルがいいー」

体を揺らしながら不満げに頰を膨らませるミーアには、話が通じている。イルの中で、ようやく意味が繫《つな》がった。

(王子って、そういう……)

去り際に結が言った一言が浮かんだ。

イルは、ミーアだけの王子様だもんね——王子王子と言うから、地位的な意味でいう王子のことかと思っていた。

「ちゃんと言えよ……!」

イルはベッドの脇に立て掛けてあった杖《つえ》を手に立ち上がる。足の傷が痛んだが、ここで痛みに負けるわけにはいかなかった。

「ちょっと、どこに行くの⁉　まだ出歩いていいなんて言われてないでしょう⁉」

行かないと。

言おうとして振り返ったイルを、ミーアが心配そうに見上げている。イルは痛みを耐えながら彼女の前にしゃがみ、愛らしいミーアの髪を撫《な》でた。

「ミーア、ごめん。俺、もうミーアだけの王子様じゃいられないんだ。自分だけのお姫様を、見つけたから」

歯を食いしばって身支度をするのは、二度目だ。

ここに来るきっかけとなったあの夜と、ここを去ると決めた今。

結は、元の世界に帰るための支度をはじめていた。先に支度をしておけば、アルやレイファスに帰ると伝えたときに、決心が揺るがない気がした。

ここに来て、自分は色々なことを学んだ。

自分にできることをやるべく努力することや、それに伴う勇気。

何かを決断するときにどうしても痛みが付きまとうことも、身をもって経験できた。

そして何より、誰かを想う気持ち。

啓介に対して、結は、結婚というゴールを求めていただけだったのかもしれない。啓介自身を本当に愛していたか、今となってはわからなかった。

イルを好きになって、結はそれに気付いた。

結婚なんてできなくてもいい。側にいたい。彼が笑ってくれるだけで、きっと自分は幸せでいられる。それ以上に、彼に幸せでいてほしい。そういう気持ちが、愛なんだと思う。

残ってしまえばいいのでは、と、心は揺れるけれど、結はそれではいけないと思うのだ。

側にいることを、彼に望んでほしかった。

心を通わせたあの夜に、結よりアルを選んだイルに、今度こそ自分を選んで欲しかった。けれど、イルは「残れ」とは言ってくれなかった。

（きっと、これでいいんだ……）

結の中に、イルを好きになった後悔は一つもなかった。

お伽話の結末ほどのハッピーエンドとはならなかったけれど、獣人の国で、自分は冒険をしたと胸を張って言い切れる。

きっとこの先、元の世界でも、強くやっていけるはず。

気持ちに区切りをつけながら、服を畳んで詰めるだけの作業を黙々とこなしていた結の部屋のドアが、力いっぱい叩《たた》かれた。

「えっ、イル？」

まだ室内を歩くのもやっとなのに。

結はイルの苦痛を想像して慌ててドアを開ける。ドアを開けると同時に体に重みがかかり、結はその場で尻餅をついた。

結に抱き着いたイルは、苦痛にうっすらと汗を浮かべていた。荒い呼吸のままに、彼は杖をその場に捨てて、結の頬を両手で包む。

「誓う。何回でも誓う」

切羽詰まった表情で自分を見上げるイルに、結の息は止まる。

灰色がかった青の瞳。自分の愛する瞳が、自分だけを映していた。

「ここに残ってほしい。家族とか、友達とか、呪術師の仕事とか、全部棄《す》てさせることになるけど、そのぶん、俺がおまえを、この世界で愛していくから！」

つん、と鼻の奥が痛んで、目の前が滲んだ。

両手で顔を覆った結に、イルが「えっ、何で？」と慌てていた。満たされた思いの涙が止まらず、結は返事もできない。顔を覆っていた結の両手を、イルがそっと引きはがす。

「……俺じゃ、残る理由に、ならない？」

不安げなイルの瞳に、結は泣きながら笑って首を振る。

唇に熱を感じた。

きっとこれが誓いのキスだと、結は目を閉じて自身の中にこの瞬間を刻み込む。何度も口付けを繰り返してから、イルは結をぎゅうっと抱き締めた。足の怪我が心配で仕方なかったけれど、今だけはそうしたくて、結は彼の腕の中に身を預けた。

明け方まで降っていた雨は、獣人国の未来と、二人の門出を祝福するように止んだ。

晴れた空に見守られながら、神殿の前では予定通りに儀式の準備が整っている。新しい国王夫妻の誕生の瞬間を見届けようと、すでに多くの人々が神殿の周りに集まり、彼らは一様にわずかな緊張を浮かべながら祝典がはじまるのを待っている。

今日は、アストールマイアにとっても、隣国フェルドブルグにとっても、歴史的な日となる。長きにわたり分かたれてきた国が、両国の王族の婚姻により統一されるのだから。

結は、杖をつくイルに合わせて神殿の廊下を歩いている。

すれ違う信徒の人々は、どこか晴れやかな表情だ。

「神殿の人たちも嬉《うれ》しそうだね」

「呪いが解けるし、マイアも解放されるから」

アストールマイアの王子アルと、フェルドブルグの王女ラーナが婚姻を結ぶことで、両国は一つになりゾルデの呪いは解ける。そして、ゾルデの呪いが解かれれば、マイアの守護は消える。自分の犯した罪に縛られるようにして、長く守護神として国を守ってきたマイアは、役目を終えてようやく眠りにつけるのだ。

結は、この日のために信徒たちが用意してくれた参列用の衣装の上から、そっと自分の足に触れる。

巫女の刻印。呪いが解ければ、この刻印も消える。

それを確認するために、スカートにはそれとわからないよう深いスリットが入っている。スリットを隠すため花弁のように布が折り重なり、動きに合わせてふわりふわりと揺れるスカートは、信徒たち自慢の力作だ。やわらかな布に触れていた結は、隣で歩くイルを窺う。

「傷の具合はどう？　痛みはない？」

「平気。ありがとう」

イルはまだ足の怪我が完治しておらず長時間立ち続けるのは負担となるため、夫婦となる二人の誓いに立ち会う神官の役目は、ミーアの母ノリスが務めることになった。メリダの説明によるとノリスもマイアの血を引いているらしいが、イルをマイアの血脈の本家とするならば、ノリスは昔に枝分かれした分家で、守護神の息吹を感じることはできないという。

だが、今日からは、マイアの息吹を感じる必要はなくなるのだ。

イルがいつもより穏やかな目をしているのは、きっとそれもあるのだろう。

二人がゆっくりと廊下を歩いていると、前方からルークがやって来た。

「やぁ。足の具合はどう?」

祝典に参列する予定の彼もいつもと違う装いだが、白衣のイメージが強すぎてイルに声を掛ける姿に、着ていない白衣が重なって見える。

「痛みもないし、平気」

「なら良かった。でも、無理しないように気を付けてね」

「わかった。ありがとう。医師会の皆も到着してるの?」

「うん。フェルドブルグの医師会の人たちも来てるよ。今、向こうの医務長がラーナ王女と話してるから、イルの様子を見に来たんだよ」

アルとラーナが両国の統一を発表した後、両国の組織の中で真っ先に手を結んだのは医師会だった。国民の命を守る役割を担う彼らは、惜しみなく知識を共有し、技術の向上を目指すと決定したそうだ。そのため、ルークはアルやレイファスと並んで多忙を極めている。

「お、ちょうどいいところにいたな」

そう言いながら王宮のほうからやってきたのは、ウィンザーだ。

イルの耳の毛が逆立っているように見えるのは、気のせいではないはずだ。

狼の砦《とりで》から派遣された警備が厳重に王宮と神殿の守りを固めると聞いたときから彼との再会は避けられないと思っていたが、まさか祝典の前に会うことになろうとは。また喧嘩《けんか》になるのでは、と結は彼らを交互に見やる。

「おいルーク、尻尾の医務長がおまえを探してたぞ。俺の部下がおまえを探すのに使われるだろうが」

「本当？　じゃあ、行かないと。またあとでね」

ルークが結たちに手を振り、小走りに王宮へ向かっていく。

すると、ウィンザーはにやりと笑ってイルと結を見下ろした。

「感謝しろ。忘れ物をわざわざ届けに来てやったんだからな」

ウィンザーの大きな手が、結に水色の布を差し出した。それは、結が狼の砦に忘れていったブラだった。

「ひっ――」

顔を真っ赤にして鋭く息を吸い込んだ結より先に、イルがウィンザーの手からブラをひったくる。パッドの入ったブラがイルの手の中でくしゃりと握られるのを、結は塵《ちり》になりそうな気持ちで見届けた。

二人の反応に満足したのか、ウィンザーは声をあげて笑ってから「じゃあな」と言って去っていった。

結がいたたまれなさに押しつぶされそうになりながらイルを見やると、彼は何かを堪えるように目を伏せた。

「……わかってる。わかってるから、何も言わないで。でも、おまえしばらくウィンザーと話すの禁止だから」

彼の心情を察した結は、小さく「ハイ」とだけ答えた。

外に作られた祭壇は、白い花で飾られている。

その前に立つ二人に、人々は希望を重ねていた。

純白のドレスに身を包んだフェルドブルグの王女ラーナは、アルに見劣りしないほどの美女だった。今はベールの中に隠された髪はプラチナブロンドで、彼女の頭上にある突起は彼女の髪で作られた偽物の耳だ。そしてドレスの中には、ふわふわの毛艶のいい尻尾が隠されている。

ラーナがアストールマイアにやって来た折に、結は彼女の紹介を受けた。そのとき、ラーナは紅をさした唇でにやりと笑って「惜しい男を逃したわね」と言ってきた。確かに彼女がそう言いたくなるのも頷けるくらい、正装したアルは素敵だった。まさに、お伽話の王子様だ。

そして彼は、今日、たった一人に愛を誓って王になる。

「生涯、彼女だけを愛すると誓いますか」

祭壇でアルに問うノリスの声は、結があの夜出会った猫耳女《マイア》の声に重なる。

「誓います」

アルの声に迷いはない。

「彼の忠誠を信じ、生涯、彼だけを愛すると誓いますか」

「誓います」

ラーナがそう答えると、アルはその場に膝をつき、彼女の手を取って指先に唇を寄せた。

忠誠の証だ。生涯、この女性を守り、愛し抜くという誓い。

歓声があがり、沸き起こった拍手に遠くで鳥たちが飛び立った。

羽ばたいた鳥たちを視線で追う人々が、次々に空を指さしていく。空には虹がかかっていた。二人の未来と、再びともに歩きはじめた二つの国を祝福するように。

「あ……」

空を見上げていたイルが、小さく声を発する。傷が痛むのかと結が彼の腕に触れると、彼は穏やかな表情で首を横に振った。割れんばかりの喝采で声は聞こえなかったが、彼の唇が「刻印」と動いた気がして、結はその場で足をそっと確認する。

巫女の刻印は、きれいに消えていた。

選出の夜を行わずに巫女の刻印が消えたということは、マイアの存在が消えたということだ。それはつまり、ゾルデの呪いが解かれたことを意味する。

きっと、巫女の刻印など確認せずとも、イルにはマイアが消えたことがわかったのだろう。

イルの手が結の手を包み込む。礼を言われた意味が解せずに首を傾げると、彼は小さく笑って結の額に唇を寄せた。

「ユイ、ありがとう」

結は勢いよく祭壇に向きなおった。

残ると決めてから、ずっとこの調子だ。

心臓がもたない。けれど、どうしても結の口元は緩んでしまう。

アルとラーナが手を取り合った。ラーナが動くと、ふわりと彼女のドレスの裾が揺れる。

どこの世界でも、結婚式というのは素敵なものだ。

結が纏《まと》う、メリダたちがこの日のために作ってくれた参列用のドレスも十分素敵だけれど、それとは違う、特別な意味の込められた純白の衣装に、多少の憧れがないわけでもないような。

じっと二人を見つめる結の耳元に、イルは背を曲げて囁きかける。

「ちゃんと見てて。俺の怪我が治ったら、おまえもあれ、やるんだから」

言葉もなくイルを見上げた結に、彼はやわらかく微笑みかける。

はぁ、と結は真っ赤になったまま息を吐く。結の手をイルがぎゅっと握り、彼の体温をこうして感じられるだけで、とことん満たされていく気がした。

壇上の二人が紡ぎはじめる獣人の国の繁栄と末永い幸福を願いながら、結は、イルとの幸せな未来を思い描き、彼の手を握り返した。

あとがき

本著をお手に取っていただき、ありがとうございます。御影りさです。

お楽しみいただけましたでしょうか?

このお話は、第二回ムーンドロップスコンテストでパブリッシングリンク賞をいただいた作品で、コンテスト用に書き上げたものです。

コンテストにはいくつか応募条件があり、そのうちの一つが『提示された要素を二つ以上入れること』というものでした。要素の一覧の先頭から三つが『異世界・逆ハー・獣人』だったので、「よし、異世界で獣人と逆ハーレムな話を書こう!」と物語の舞台を決定しました。加えて、コンテストのテーマが『恋は過激に!』だったため、ヒロインが相手を誘惑する展開を入れようと考え、年下草食系のヘタレヒーローが誕生しました。

ヒーローの名前は『イル』にしたかったので、安易にイルの兄を『アル』にしたのですが、これがなかなか厄介で……「イルがいる」や「アルの手にある」などの言い回しがギャグっぽくて、名前のあとに「いる」「ある」が使えない妙な縛りができてしまい、執筆中は本当に困りました(笑)。

改稿がはじまってからは、担当様にはここには書ききれないほどのご迷惑をおかけしました。というのも、結構、加筆修正をしたのです。当然、私が手を加えたぶんだけ担当様のチェックも必要になるわけで、「さすがに怒られるかも」「今度こそブチ切れられるかも」「これはもう見捨てられたかも」と何度も思いましたが、仏のごとく寛大な御心で（呆れて何も言えなかったのかも？）最後まで私を見捨てず、導いてくださいました。本当に、感謝の気持ちでいっぱいです。ありがとうございました。

そんなこんなで書いた作品が、ご縁あってこうして皆様にお届けできて、感無量です。そして、ＳＨＡＢＯＮ先生がこれ以上ないほど素敵に作品を表現してくださいました。本当にありがとうございました！

担当様、編集部の皆様、出版にかかわってくださったすべての皆様に、この場を借りて御礼申し上げます。

最後に、本著をお手に取ってくださいました読者様に心からの感謝をこめて。

ありがとうございました！

御影りさ

真宮奏
狐姫の身代わり婚 ～初恋王子はとんだケダモノ!? ～

御影りさ
少年魔王と夜の魔王　嫁き遅れ皇女は二人の夫を全力で愛す

椋本梨戸
怖がりの新妻は竜王に、永く優しく愛されました。

怜美
身替り令嬢は、背徳の媚薬で初恋の君を寝取る

才川夫妻の恋愛事情～７年じっくり調教されました～
イケメン兄弟から迫られていますがなんら問題ありません。
編集さん（←元カノ）に謀られまして　禁欲作家の恋と欲望
清く正しくいやらしく　まじめＯＬのビッチ宣言
鳴海澪――――――――――――――――――――――――――――――――――
俺様御曹司に愛されすぎ　干物なリケジョが潤って!?
溺愛コンチェルト　御曹司は花嫁を束縛する
赤い靴のシンデレラ　身代わり花嫁の恋
葉月クロル――――――――――――――――――――――――――――――――
拾った地味メガネ男子はハイスペック王子！ いきなり結婚ってマジですか？
春奈真実――――――――――――――――――――――――――――――――――
恋舞台　Ｓで鬼畜な御曹司
日野さつき―――――――――――――――――――――――――――――――――
強引執着溺愛ダーリン あきらめの悪い御曹司
ひより―――――――――――――――――――――――――――――――――――
地味に、目立たず、恋してる。幼なじみとナイショの恋愛事情
ひらび久美―――――――――――――――――――――――――――――――――
フォンダンショコラ男子は甘く蕩ける
恋愛遺伝子欠乏症 特効薬は御曹司!?
真坂たま――――――――――――――――――――――――――――――――――
ワケあり物件契約中 ～カリスマ占い師と不機嫌な恋人
御子柴くれは―――――――――――――――――――――――――――――――
セレブ社長と偽装結婚　箱入り姫は甘く疼いて!?
水城のあ――――――――――――――――――――――――――――――――――
Ｓ系厨房男子に餌付け調教されました
露天風呂で初恋の幼なじみと再会して、求婚されちゃいました!!
あなたのシンデレラ　若社長の強引なエスコート
御堂志生――――――――――――――――――――――――――――――――――
欲望の視線　冷酷な御曹司は姫の純潔を瞳で奪う
エリート弁護士は不機嫌に溺愛する～解約不可の服従契約～
償いは蜜の味　Ｓ系パイロットの淫らなおしおき
年下王子に甘い服従　Ｔｏｋｙｏ王子
深雪まゆ――――――――――――――――――――――――――――――――――
社内恋愛禁止　あなたと秘密のランジェリー
桃城猫緒――――――――――――――――――――――――――――――――――
処女ですが復讐のため上司に抱かれます！
連城寺のあ―――――――――――――――――――――――――――――――――
同級生がヘンタイ Dr. になっていました

★著者・イラストレーターへのファンレターやプレゼントにつきまして★

著者・イラストレーターへのファンレターやプレゼントは、下記の住所にお送りください。いただいたお手紙やプレゼントは、できるだけ早く著作者にお送りしておりますが、状況によって時間が掛かる場合があります。生ものや賞味期限の短い食べ物をご送付いただきますとお届けできない場合がございますので、何卒ご理解ください。

送り先
〒160-0004　東京都新宿区四谷 3-14-1　UUR 四谷三丁目ビル２階
（株）パブリッシングリンク
ムーンドロップス 編集部
〇〇（著者・イラストレーターのお名前）様

次期国王の決め手は繁殖力だそうです

２０１９年１０月１７日　初版第一刷発行

著…………御影りさ
画…………ＳＨＡＢＯＮ
編集…………株式会社パブリッシングリンク
ブックデザイン…………百足屋ユウコ＋モンマ蚕
（ムシカゴグラフィクス）
本文ＤＴＰ…………ＩＤＲ

発行人…………後藤明信
発行…………株式会社竹書房
〒102-0072　東京都千代田区飯田橋２－７－３
電話　03-3264-1576（代表）
03-3234-6208（編集）
http://www.takeshobo.co.jp
印刷・製本…………中央精版印刷株式会社

ISBN978-4-8019-2030-9　C0193
Printed in JAPAN